Dany Matthes
Dezemberfunkeln

Impressum

Dezemberfunkeln
1. Auflage, 2022

© Dany Matthes
Dany Matthes, c/o autorenglück.de, Franz-Mehring-Str. 15, 01237
Dresden
www.danyalacarte.de - hallo@danyalacarte.de

Lektorat: Lektorat Meerwoerter https://astrid-topfner.com/
Korrektorat: Elke Kobe-Wöller
Covergestaltung: Daniela Matthes
Illustrationen: © Patricia Krause
https://www.instagram.com/mindfulwatercolor/

Herstellung und Druck über tolino media GmbH & Co. KG, München.
Printed in Germany

Dezemberfunkeln

Roman

DANY MATTHES

dm

Wenn du keinen Weg mehr siehst, schließe deine Augen und folge deinem Herzen.

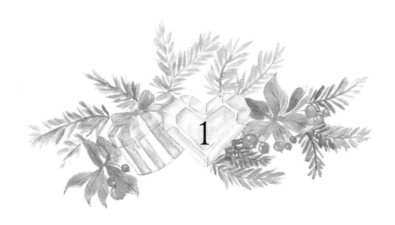

M it einem Seufzer hocke ich mich hin und streiche über Lilis Fell. »Ich bin nicht lange weg, versprochen.« Ich stelle mich wieder aufrecht hin, um dem Ziehen in meinen Waden ein Ende zu bereiten, begleitet vom skeptischen Blick meiner Dackelhündin Lili.

»Ich hasse High Heels«, murmele ich und frage mich zum hundertsten Mal, ob ich den bordeauxroten Spitzenrock nicht gegen meine Lieblingsjeans eintauschen sollte. Dann könnte ich bequeme Turnschuhe tragen und meine Kopfhaut von dem Dutt befreien, den Hanna mir vorhin aufgeschwatzt hat. Meine beste Freundin hat dafür mindestens genauso viel Gel wie Geduld gebraucht, weil meine blondierten Haare jetzt so kurz sind, seit ich sie vor vier Wochen nach der Trennung von Eric in einem Anfall von Rebellion habe abschneiden lassen.

»Wo bleibst du denn?« Das Klacken von Hannas Absätzen kommt näher.

Lili hebt gelangweilt ihren Kopf. Ich werfe ihr eine Kusshand zu. »Lass dich schön weiter von der Fußbodenheizung wärmen. Ich muss gehen, im Flur lauert ein böses Monster, das mich verschleppen wird.«

»Das habe ich gehört. Und jetzt komm endlich.« Hanna lacht und packt mein Handgelenk. »Du wirst es überleben. Es ist nur eine Geburtstagsparty.«

»Von einem Mann, der glaubt, nur weil er sechzig wird, muss er noch hier und heute Großvater werden.« Hanna zieht entschiedener an meinem Arm und ich folge ihr widerwillig.

»Hast du deinen Eltern mittlerweile gesagt, dass sie Fremdgeh-Eric sicher nicht mehr in ihrem trauten Heim empfangen werden?«

Ich schüttle den Kopf, wobei meine Ohrringe wild umhertanzen. »Ich hatte noch keine passende Gelegenheit. Wir haben uns in den letzten Wochen selten gesehen und Eric bedeutet ihnen viel, immerhin waren wir fast drei Jahre zusammen.« Ich räuspere mich. »Ich habe ihnen erzählt, dass er mit Magen-Darm auf dem Sofa liegt.«

Hanna packt unsere Mäntel und Handtaschen so energisch, dass der Garderobenständer wackelt. Sie dreht sich zu mir um und runzelt die Stirn, wobei sie mit ihrer Himmelfahrtsnase, der dunkelblauen Hornbrille und dem rot gefärbten Bob mit dem asymmetrischen Pony irgendwie lustig aussieht.

»Ich muss mich echt noch an unsere neuen Frisuren gewöhnen.« Ich grinse sie an. Die Erinnerung an unseren aus einer Sektlaune heraus entstandenen Friseurbesuch im Salon unserer gemeinsamen Freundin Alina lenkt sie hoffentlich davon ab, dass ich meinen Eltern das erneute Scheitern einer meiner Beziehungsversuche verschweige. Aber Hanna war noch nie so leicht, vom Wesentlichen abzubringen.

»Du musst es ihnen sagen. Am besten noch heute Abend.«

»Ich kann doch die Party nicht ruinieren.« Ich nehme ihr meinen Mantel ab, schlüpfe hinein und strecke die Hand aus, damit sie mir meine Handtasche gibt, die dem Platzen nahe ist. »Der Zeitpunkt muss stimmen. Immerhin reicht es schon, dass er mir damit die beste Zeit des Jahres versaut.«

Hanna knufft mich in die Seite. »Ach Mieke, dir ist echt nicht zu helfen. Und jetzt komm, Julian wartet auf mich.« Das Strahlen in ihrem Gesicht ist das einer frisch Verliebten. Ich beschließe, den Stich in meinem Herzen zu ignorieren. Immerhin war Hanna vier Jahre Single und ich gönne ihr die Beziehung mit Julian wirklich. Eigentlich ist er der erste ihrer Freunde, den ich mag. Ich hoffe, dass irgendwo da draußen auch ein Julian für mich rumläuft. Ich bin nicht gern allein. Besonders jetzt nicht, wo die Weihnachtszeit kurz vor der Tür steht und die Vorfreude bereits bei allen zu spüren ist.

»Hast du ihm Bescheid gesagt, dass du mich auf dem Weg zu ihm bei meinen Eltern ablieferst? Oder sollte ich eher sagen: Mich ihnen auslieferst?« Ich öffne die Haustür. Ein eisiger Novemberwind schlägt mir mit kleinen Hagelkörnern entgegen und ich würde gerne meine Wollmütze aufsetzen, aber das würde dem Dutt wohl den Rest geben.

»Jetzt hör schon auf. Deine Eltern sind toll.« Sie schiebt mich durch die Tür. »Vielleicht etwas anstrengend. Aber sie wollen eben dein Bestes.«

»Ich will auch mein Bestes!«, jammere ich, während ich mich auf den Beifahrersitz von Hannas Auto fallen lasse. »Autsch!« Etwas Hartes knackt unter meinem Hintern.

Hanna, die den Motor gerade starten wollte, sieht mich fragend an. Dann schlägt sie eine Hand vor den Mund. »Jetzt sag nicht, du hast die Brille, die Philip mir zum Anprobieren mitgegeben hat, mit deinem Allerwertesten in ihre Einzelteile zerlegt.«

»Ich habe die Brille, die Philip dir zum Anprobieren mitgegeben hat, mit meinem Allerwertesten in ihre Einzelteile zerlegt.« Ich halte ihr die gebrochene Brille hin, doch anstatt sie mir abzunehmen, wirft sie verzweifelt die Hände in die Luft.

»Die kann ich vergessen.«

»Die würde dir sowieso nicht stehen. Außerdem ähnelt sie der, die du trägst.«

»Darum geht es doch gar nicht. Philip wird mich umbringen. Oder mir kündigen.« Sie streckt mir die Zunge raus. »Dir wird er natürlich verzeihen.«

»So ein Quatsch. Er mag ein griesgrämiger, komischer Kauz sein, aber er weiß auch, was er an dir hat.« Ich setze mich aufrecht hin. »An uns beiden. Ohne uns würde kein Mensch seinen Optikerladen betreten. Wir sind die Sonnen in seinem finsteren Brillenuniversum.«

Unweigerlich drängt sich Philip in meine Gedanken. Die Freundschaft zwischen ihm und mir ist etwas Besonderes. Immerhin hat er mir schon oft geholfen. Als Eric seine Sachen abholen wollte, hat Philip alles mit mir eingepackt und es zu

Eric gebracht. So musste ich ihn nicht noch mal sehen. Als Lili sich den Fuß verletzt hatte und ich völlig verzweifelt war, ist er mit uns zum Tierarzt gefahren. Auch wenn wir sonst außerhalb des Ladens kaum Zeit miteinander verbringen, so ist da trotzdem etwas zwischen uns, dass ich nicht so ganz in Worte fassen kann.

»Das war, bevor du eins seiner Babys zermalmt hast.« Hanna reißt mich aus meinen Gedanken.

»Er wird es überleben.« Ich lege die Überreste der Brille ins Handschuhfach. »Und jetzt vergiss ihn. Es ist Wochenende und bis Dienstag gibt es keinen Philip für uns.« Ich spüre, wie das Blut in meine Wangen schießt, und bin erleichtert über die Dunkelheit im Auto.

»Das sind ja ganz neue Töne.« Hanna gluckst. »Normalerweise ist Philip doch dein Lieblingsthema.« Sie hat die blöde Angewohnheit, mich wegen Philip aufzuziehen, seit ich ihr einmal verraten habe, dass ich ihn attraktiv finde.

»Auf mich wartet jetzt zuerst einmal die Party des Jahres«, lenke ich schnell davon ab, dass sie recht hat.

Hanna legt ihre Hand an den Schlüssel, zieht sie aber sofort wieder zurück. »Moment mal.«

Ich lasse den Sicherheitsgurt zurückschnellen und drehe mich zu ihr. »Was?«

»Hast du mir gerade indirekt mitgeteilt, dass meine Brille mir nicht steht?«

»Bitte?« Ich wühle in der Handtasche. Das Buch für meinen Vater versperrt mir die Sicht und ich gebe auf. »Okay, es geht auch ohne Kaugummi.«

»Hörst du mir eigentlich zu? Ich habe gerade festgestellt, dass du mich beleidigt hast. Wegen einer Brille, die du mir selbst ausgesucht hast.«

Ich grinse. »Da habe ich mich vorhin wohl ungünstig ausgedrückt. Du siehst großartig aus.«

Hanna seufzt, sieht mich aber mit dem Lachen in ihren Augen an, das ich so an ihr liebe. »Lass uns losfahren.«

»Ich hole das Dessert.« Meine Mutter schlurft in Richtung Küche und lässt meinen Vater und mich im Esszimmer zurück, dessen Einrichtung sich seit den frühesten Erinnerungen meiner Kindheit nicht verändert hat: weiße Holzmöbel mit beigen Wänden, an die mit den Jahren immer mehr Fotos gehängt wurden. Ich als schlafendes Baby. Ich als aufgewecktes Kleinkind und gleich daneben als Neunjährige mit unserem Hund Henri, der mir heute noch manchmal fehlt. Ich mit Schwimmmedaille. Mit drei Eiskugeln und einem mürrischen Teenagerblick. Und nicht zu vergessen: Ich mit hüftlangem, hellbraunem Zopf, der mir über die Schulter fällt, um die Eric seinen Arm gelegt hat. Ein bitterer Geschmack steigt in meinem Mund auf. Ich bin wirklich nicht gern allein.

Als könnte er Gedanken lesen – oder eben wie zum Beweis, dass er gerade das nicht kann, fragt mein Vater: »Also Mieke, wie sieht es aus mit dir und Eric? Dass der Junge sich aber auch von so ein bisschen Durchfall hat abhalten lassen, mit uns zu feiern.«

Ich nestle am Stiel meines Weinglases herum und weiche seinem Blick aus. »Es geht ihm nicht gut.«

Ich kann erneut hören, wie Eric mir nicht einmal zerknirscht von seiner Affäre erzählt, die sich zur großen Liebe gemausert hat, so dass ich ihm mit meinen Träumen vom ewigen Zusammensein im Weg stand. Dabei bin ich niemand, der klammert. Aber Eric habe ich schon ziemlich gemocht. »Ach was. Man darf nicht so zimperlich sein. Annette hat extra ihren berühmten Käsekuchen gebacken. Als sie mit dir schwanger war, konnte sie gar nicht genug davon kriegen. Egal, wie übel ihr gerade war.«

»Johann, nun lass doch diese alten Geschichten.« Meine Mutter stellt die Kuchenplatte im Zeitlupentempo auf die weihnachtliche Tischdecke. Ich wünschte, ich hätte ihre ruhige Art geerbt, bekomme aber gleichzeitig oft genug zu hören, dass ich so aufgedreht bin wie mein Vater, der jetzt mit seinen Handflächen auf den Tisch schlägt und lauthals lacht.

»Ich will unserem Miekchen hier doch nur sagen, was sie erwartet, wenn sie schwanger ist.«

»Papa!« Ich kann das Mitgefühl im Blick meiner Mutter nicht ernstnehmen, wenn ich mit ansehe, wie sie jetzt zu ihrem Ehemann rüberwatschelt und ihm mit einem Schmunzeln auf den Lippen liebevoll die Schulter tätschelt.

»Du wirst bald dreißig, wie lange willst du denn noch warten?« Mein Vater legt seine Hand auf die meiner Mutter. »Wenn Mama und ich gekonnt hätten, hätten wir einen ganzen Stall voll Kinder bekommen. Aber was nicht sein soll, soll eben nicht sein.« Er sagt es ohne Wehmut, und nicht zum ersten Mal bewundere ich ihn dafür, dass er sich von nichts unterkriegen lässt. So nervig mein Vater auch sein kann, ich wollte keinen anderen haben. Hanna sagt, ich bin auch in meiner optimistischen Grundhaltung wie er, und obwohl ich diesen Gedanken gerne entschieden ablehne, weiß ich insgeheim sehr wohl, dass ich ein Riesenglück mit meinem Vater und die fürsorglichste

Mutter der Welt habe. Ich seufze. Eigentlich ist es nur normal, dass sie sich Enkelkinder wünschen.

»Nun ist aber mal gut. Schneid lieber den Kuchen.« Meine Mutter zieht ein großes Messer aus der Schürzentasche an ihrem Bauch und lacht über meinen erschrockenen Gesichtsausdruck. »Wie geht es eigentlich Hanna? Sie hatte vorhin leider keine Zeit, ich unterhalte mich so gerne mit ihr.«

Ich lächle beim Gedanken an meine Freundin, die ich seit dem Tag, an dem wir beide in Philips neu eröffnetem Optikerladen in *Laubegast* angefangen haben, in mein Herz geschlossen habe.

»Ihr geht es wunderbar. Wie du ja weißt, ist sie glücklich verliebt.«

»Ja, das hast du erzählt. Und Lili, wie geht es ihr? Warum ist sie denn nicht mitgekommen?«

Ich verkneife mir ein Lachen. Meine Mutter macht wie immer keinen Unterschied zwischen meinen Freundinnen und meinem Hund. Vielleicht ist die einjährige Dackeldame das Enkelkind, das ich ihr noch nicht gegeben habe.

»Sie döst an ihrem Lieblingsfleckchen im Wohnzimmer. Beim nächsten Mal bringe ich sie wieder mit. Ich hatte Angst, dass der Trubel ihr zu viel wird.«

»Welcher Trubel?«, fragt meine Mutter unschuldig, so als hätte sie mir nicht wochenlang mit der wohl fiktiv gebliebenen Planung einer Riesenparty in den Ohren gelegen.

»Eigentlich dachte ich, dass …« Ich reiche meinem Vater meinen Teller, der irgendwas vor sich hin murmelt, während er den Kuchen verteilt.

Meine Mutter scheint ihn im Gegensatz zu mir verstanden zu haben. »Ach du meine Güte, jetzt habe ich die Kerzen vergessen. Ich hole sie.«

»Nein, die brauche ich nicht. Hauptsache, ich habe euch. Ihr seid meine Lichter.« Mein Vater lacht und sein Bauch mit ihm. »Das war doch mal schön gesagt, oder?« Er fährt sich durch das dichte graue Haar, nimmt sein Glas und prostet uns zu. »Auf uns drei.«

»Wir hätten es dir fast geglaubt.« Meine Mutter und ich kichern.

»Ich hole die Kerzen!«, entscheidet meine Mutter und macht sich wieder auf den Weg, getragen von ihren flauschigen Pantoffeln, um die ich sie angesichts meiner schmerzenden Füße beneide. Heimlich streife ich meine Schuhe ab und reibe meine Füße aneinander.

»Warum habe ich mich so aufgebrezelt, wenn wir ganz unter uns sind?«, frage ich das Geburtstagskind und spreche damit laut aus, was mich seit meiner Ankunft zum Grübeln bringt und was in dem Geplapper meines Vaters untergegangen ist. »Ich dachte, es wird eine Party im großen Stil, mit allen deinen Anzugsfreunden und ihren Kitschbroschen tragenden Ehefrauen?«

»Von großem Stil war nie die Rede. Das war reines Wunschdenken deiner Mutter. Ich habe ihr gesagt, dass ich eher der diskrete Typ bin.«

Ich ziehe die Augenbrauen hoch. Er tut es mir gleich und wir grinsen uns an.

»Ich gebe zu, ein paar Freunde sollten schon kommen, aber nach und nach haben alle abgesagt«, erklärt mein Vater und fügt hastig hinzu: »Aus guten Gründen natürlich.«

»Na, Magen-Darm war dann wohl nicht dabei«, bemerke ich und zwinkere ihm zu.

2

M it einem wohligen Gefühl der Erschöpfung lehne ich mich im Sprudelbecken zurück und lasse die Wasserdüsen meinen Rücken massieren. Sonntags gönne ich mir regelmäßig Wellness-Momente, damit ich erholt in eine neue Woche starten und Philips Ungeduld besser ertragen kann. Er sieht gut aus mit seinen grünen Augen und dem braunen Haar, das immer so wirkt, als hätte er keine Zeit für ein Styling gehabt. Was wahrscheinlich daran liegt, dass er tatsächlich immer gehetzt ist. Und das wiederum führt wohl zu diesem verkniffenen Zug um den Mund, der mich zur Weißglut bringt. Ich verdrehe die Augen, gleite tiefer ins Wasser und tauche unter. Ich sollte nicht so viel über Philip nachdenken, ich bin hier, um zu entspannen. Trotzdem frage ich mich, welche Ausrede er dieses Jahr hat, um nicht auf meiner Geburtstagsparty erscheinen zu müssen. Da ich am 23. Dezember geboren wurde, feiere ich mit meinen Freunden immer erst an einem der Tage zwischen Weihnachten und Silvester. Und bis jetzt auch immer ohne Philip, was schade ist. Ich seufze. Vielleicht ist er dieses Mal dabei.

Als ich wieder auftauche, verwandeln sich die eben noch angenehm gedämpften Hintergrundgeräusche zurück in Kindergeschrei und Geplapper, und ich muss an meine Freundin Alina denken, mit der ich hier schon in frühster Kindheit frohe Stunden verbracht habe, weil wir beide im Schwimmerverein und in unseren Trainer verliebt waren, den ich vor Kurzem im Supermarkt fast nicht erkannt hätte, weil er so richtig klischeehaft alt, dick und kahl geworden ist. Aus Angst, dass er mir meine Fassungslosigkeit über seine Metamorphose ansehen könnte, bin ich ohne Worte an ihm vorbeigeschlichen, bis mir eingefallen ist, dass auch er mich wahrscheinlich nicht mehr wiedererkannt hätte. So blond und ohne die knallroten Wangen, die Alina und ich mehr als einmal wahlweise unter Wasser versteckt oder abgekühlt haben. Ich lächle, als ich an Alina denke, die heute eine Frau liebt und mit ihr den einzigen Friseursalon betreibt, den ich je betreten werde. Das habe ich mir an dem Tag geschworen, als sie mir vor Glück heulend um den Hals gefallen ist, um mir von dem zugelassenen Kredit zu erzählen.

»Entschuldigen Sie, dass ich störe, aber ich glaube, Sie haben vorhin Ihren Spindschlüssel verloren.«

15

Mit einem Blick auf mein nacktes Handgelenk drehe ich mich um, nicke und lächle den Finder an, der ein gelbes Armband mit Schlüssel in der Hand hält. Ich schätze ihn auf Mitte dreißig und seine strahlenden Augen als die blauesten ein, in die ich je geschaut habe. Er geht in die Hocke und hält mir das Bändchen hin, wobei Tropfen aus seinem blonden kinnlangen Haar laufen.

Ich bedanke mich, greife danach und berühre dabei seine Finger mit meinen. Ein Kribbeln auf meiner Haut versetzt mich in Flirtlaune und wieder einmal stelle ich fest, dass es mir einfach nicht gelingen will, Eric aus vollstem Herzen nachzutrauern.

»Das habe ich gar nicht bemerkt. Danke.« Ich klopfe mir innerlich auf die Schulter, weil ich mich heute gegen meinen dunklen Oma-Badeanzug und für meinen roten Bikini entschieden habe. Ich versuche, ihm tief in die Augen zu schauen und nicht daran zu denken, dass ich mit meiner Winterblässe wie eine Wasserleiche aussehe, sobald ich in ein Schwimmbecken steige.

»Ist alles in Ordnung?« Er runzelt die Stirn.

»Ja, ich freue mich nur so über den Schlüssel.« Noch während ich die Worte ausspreche, wird mir bewusst, dass ich mich erstens gerade zum Idioten mache und zweitens keine Ahnung habe, was ich von diesem Gespräch erwarte. Normalerweise bin ich viel schlagfertiger. Warum macht er mich so nervös? Hanna und Alina, die größten Romantikerinnen der Welt, wären jetzt auf der Stelle überzeugt, dass ich den Mann meines Lebens und den Vater meiner Kinder vor mir stehen habe. Sie würden aber auch niemals so etwas Dummes sagen wie ich. Davon, dass es genauso schlimm ist, wie ich denke, zeugt die irritierte Miene meines Gegenübers. Ich schüttle den Kopf über mich selbst. »Vergessen Sie's«, murmele ich und erwäge ernsthaft, einfach wieder unterzutauchen. Wie kann man mit einem Satz alles ruinieren?

»Gern geschehen«, sagt er fast schon roboterhaft, wobei seine Stirn sich glättet und er sich gleichzeitig wieder aufrichtet. Sein Ton erinnert mich an meinen, wenn ich einen Kunden schnell loswerden will und deswegen freundlich, aber bestimmt nur das Wesentliche von mir gebe.

Ich winke ihm kurz zu und versuche mich an einem letzten Lächeln. Er dreht sich um und geht davon, wahrscheinlich zu seiner unglaublich attraktiven und geistreichen Freundin. Ich muss mir eingestehen, dass das eben Geschehene mich wurmt, und schlage die Hände vor mein Gesicht. Dabei fällt das Armband ins Wasser. Ich fische es heraus und blicke mich noch einmal um. Er ist verschwunden.

»Ich fasse zusammen: Du hast heute einen Mann kennengelernt, der dir gefällt, aber leider hat er dir nicht den Schlüssel zu seinem Herzen, sondern nur den zu deinem Spind gegeben.« Hanna, im Schneidersitz und mit so geradem Rücken, dass sie aussieht wie eine Statue auf dem Parkett meines Wohnzimmers, bückt sich über die Tasse dampfenden Tees und pustet hinein. Gleichzeitig krault sie Lili, die sich neben sie gelegt hat. »Wenn es wenigstens sein Spind wäre«, fügt sie hinzu und kichert.

»Sehr witzig. Ich kann mich auch gerne in eine Ecke verkriechen und um Eric weinen.«

Alina wirft ein Kissen nach mir und schüttelt ihre schwarzen Locken. »Vielleicht fehlt dir gerade das. Der große Zusammenbruch. Das Drama. Große Emotionen. Einmal so richtig ausflippen.«

»Ich neige nicht zum Ausflippen«, sage ich betont nüchtern und bringe Hanna damit wie beabsichtigt zum Lachen. Alina verzieht keine Miene.

»Fürs Protokoll.« Ich hebe einen Zeigefinger. »Ich habe lediglich darauf hinweisen wollen, dass mein Interesse an Männern wieder aufgeflammt ist und ich mich von dem Gedanken, lieber allein zu sein, verabschiede.«

»Du hattest den Gedanken, lieber allein zu sein?« Hanna zieht die Augenbrauen hoch. »Du warst bisher noch nie länger als vier Monate ohne Beziehung.«

»Na und? Vielleicht wollte ich mir einfach eine Pause von diesem ganzen Theater gönnen. Das war nur ein schwacher Moment meinerseits.« Ich strecke meine Beine auf dem Sofa aus und verschränke die Arme vor der Brust.

»Und womit hast du vor, diese Pause zu füllen?« Alina sieht mich fest an. Ich wünschte, ich hätte ihre Wangenknochen und ihren Teint. Sie könnte ein Model sein, und als wir noch regelmäßiger zu dritt ausgingen, hofften so manche Männerherzen vergeblich auf ihre Telefonnummer.

»Ich könnte stricken lernen«, improvisiere ich. »Oder ein Buch schreiben. Ich weiß noch nicht so genau.«

Hanna prustet los und klopft mit beiden Händen auf ihre Oberschenkel. »Echt Mieke, du wirst immer witziger.« Wir schauen Alina an, die mich ernst mustert.

»Was, wenn er es gewesen wäre?« Sie flüstert fast, und in Kombination mit dem Hagel, der in der Dunkelheit an die Fenster prasselt, dem Kerzenlicht und den dampfenden Getränken komme ich mir fast vor wie bei einer Geisterbeschwörung. Nicht, dass ich so etwas jemals ausprobieren wollte.

»Wenn wer was gewesen wäre?« Ich setze mich wieder aufrecht hin und sehe meine Freundinnen abwechselnd an, die eine unbeschwert und amüsiert, die andere besorgt und grüblerisch.

»Der Mann aus dem Schwimmbad. Was, wenn er für dich bestimmt war?« Sie schaut mich nachdenklich an. »Jetzt trefft ihr euch vielleicht nie wieder.«

Ich winke ab. »Und wenn schon. Er hält mich bestimmt für einen Hohlkopf und nach großer Liebe hat es sich nun wirklich nicht angefühlt. Es war eben nur … spannend. Bis zu dem Moment, in dem ich es versemmelt habe.«

»Ja, aber findest du es nicht schade, dass er sich abgewandt hat, ohne dich richtig kennenzulernen? Hat dieser kleine Augenblick für ihn darüber entschieden, dass du es einfach nicht bist? Nur weil du gerade aufgeregt warst und etwas Unübliches gesagt hast?«

»Unüblich klingt nett«, sage ich und lächle. »Du denkst zu viel nach. Ich habe es längst abgehakt. Es sollte nur eine lustige Anekdote sein.« Ich springe auf. »Ich hole neue Kekse.«

Hanna streckt ihre Hand nach mir aus. »Ich verstehe, was Alina meint. Du bist so ein Schatz, aber irgendwie fällst du immer auf Idioten rein. Und du regst dich nicht einmal darüber auf.«

»Schon gut.« Ich gehe um den runden Glastisch, der zwischen uns steht, und bleibe vor ihr stehen, um ihre Hand zu drücken. Dann ziehe ich sie vom Boden auf und folge Lili mit meinen Blicken, die in den Flur hinaustrottet.

»Ich komme klar. Eric war eben nicht der Richtige und der Schwimmbad-Mann auch nicht, sonst wären wir ins Gespräch gekommen und hätten festgestellt, dass wir füreinander geschaffen sind. Seelenverwandte. Ewige Liebe. Bla, bla, bla.« Ich lege meine freie Hand auf mein Herz und verdrehe die Augen.

»Im Ernst, Mieke. Das muss anders laufen für dich. Das kann nicht alles gewesen sein.«

»Du hast zu viele Liebesfilme gesehen«, ziehe ich meine Freundin auf und Hanna gleichzeitig mit in die Kochnische. Mein Zuhause ist das Ein-Mann-Orchester unter den Häusern: Kleiner geht es kaum. Aber ich liebe jeden Winkel davon, schon allein, weil es mir gehört. Die Haushälfte befindet sich in einer idealen Lage nicht weit von den Elbwiesen entfernt und allgemein ist *Laubegast* einer der schönsten Stadtteile von Dresden.

»Hier, füll die Schüssel.« Ich halte Hanna eine Packung hin. »Ich flitze schnell auf die Toilette.«

»Du machst es dir zu leicht!«, ruft Alina zu mir rüber und ich halte inne.

»Wie bist du denn heute drauf?« Ich blase meine Wangen auf und lasse die Luft geräuschvoll entweichen.

»Ich finde einfach, dass du die Liebe wie eine Milchpackung behandelst. Wenn sie alle ist, gehst du in den Supermarkt und holst dir Nachschub. Du konsumierst einfach. Und du kannst es nicht ertragen, Durst zu haben, und besorgst dir lieber billige Ersatzmilch.«

»Was willst du mir damit sagen – soll ich mir eine Milchkuh zulegen?«, versuche ich mich an einem Scherz, füge aber sogleich hinzu: »Ich weiß, was du meinst. Ich verspreche dir feierlich, dass ich mir bald einen Moment nehme, um Eric eine Prise Liebeskummer zu widmen.« Ich stemme die Hände in die

Hüften und mache einen Hüpfer. »Aber jetzt will ich einfach nur auf die Toilette.«

»Versprich mir etwas ganz anderes«, sagt sie mit heiserer Stimme.

»Lass dich erst wieder auf jemanden ein, wenn es sich richtig anfühlt. Nach wahrer Liebe, nach etwas so Großem, dass du für den anderen sterben würdest.« Ich blicke hilfesuchend zu Hanna, die mich jedoch nur stumm ansieht.

Die Stille zwischen uns ist mir unheimlich. Unsere Freundschaft lebt davon, dass wir uns gegenseitig necken, uns insgeheim aber genau so lieben, wie wir sind.

Ich kann den kampflustigen Ton in meinen Worten nicht unterdrücken, als ich versichere: »Ich verspreche es. Was habe ich schon zu verlieren?« Ich gehe zwei Schritte in Richtung Bad, drehe mich dann aber noch einmal um: »Aber ich werde nie im Leben für jemanden sterben wollen.«

3

Als ich den Laden betrete und damit diesen nervigen Gong auslöse, von dem ich Philip eindringlich abgeraten hatte, wedelt Hanna gerade mit den Überresten der Brille, die die Begegnung mit meinem Hintern nicht überlebt hat, vor Philips angespannter Miene herum.

»Es war keine Absicht. Mieke hat sie einfach nicht gesehen.«

Er dreht sich zu mir um. Mit seinem dunkelblauen Hemd, dessen Ärmel er lässig hochgekrempelt hat, den Jeans und dem wirr in seine Stirn fallenden Haar sieht er heute besonders toll aus. Und ich liebe seine neue Brille, die ihn mal intellektuell und mal verspielt wirken lässt. Nur dass sein Blick einfach immer ernst ist. Wortlos starrt er mich an.

Ich verziehe das Gesicht. »Ich kann den Vorwurf geradezu sehen. Auch ohne Brille.« Hanna schmunzelt und ich versuche, sie zu ignorieren, um Philip nicht noch mehr zu verärgern. Hanna und ich machen unsere Späße gerne auf seine Kosten, meinen es aber nie böse und das weiß Philip auch. Davon gehe ich zumindest aus. Aber irgendwie sieht er heute nicht so aus, als ob er weitere Sticheleien vertragen könnte.

»Du hast es echt drauf, überflüssige Bemerkungen zu machen«, sagt er, nimmt Hanna die Brille ab und legt sie auf die Ladentheke aus Eichenholz. Was den Look seines Ladens angeht, ist Philip der Meister der warmen Farben, und ich muss zugeben, dass ich mich hier viel wohler fühle als in dem Laden, in dem ich mein Praktikum gemacht habe und in dem ich mir immer vorgekommen bin wie in einem Krankenhaus. Die beiden Inhaberinnen waren genauso blass und steril wie die Aufmachung ihres Geschäfts und ich glaube, dass ich mich auf Philips Stellenanzeige meldete, war für alle Beteiligten ein Hauptgewinn. Ich lächele beim Gedanken an meine ersten Momente hier. Ich wusste von Anfang an, dass ich mit meiner Unterschrift auf dem Arbeitsvertrag etwas ganz Besonderes in Gang gesetzt hatte. Dass der erst neu eröffnete Laden nicht weit von meinem Haus entfernt liegt, war der Bonus des Ganzen.

»Du siehst so glückselig aus. Es scheint dir nicht viel auszumachen, dass ihr einen unserer Artikel ruiniert habt.«

»Was heißt hier ihr? Ich habe mich nicht draufgesetzt.« Hanna bückt sich und zieht an ihrer dicken Strumpfhose mit Weihnachtsmotiven. »Ich hätte kein Kleid anziehen sollen!«, schimpft sie vor sich hin, noch bevor ich sie darauf aufmerksam machen kann, dass schließlich sie es war, die die Brille auf dem Autositz hat herumliegen lassen. Ich lache in mich hinein, als ich Philips irritierten Blick sehe. Hanna regt sich weiter über ihre offensichtlich störende Strumpfhose auf und ich zucke mit den Achseln.

»Da lobe ich mir doch meine Jeans«, sage ich und deute mit den Händen auf meine Beine.

Philip mustert mich und ich kann seine Blicke spüren, als ob sie direkt unter meiner Haut durch mich hindurchsausen würden. Ich seufze. Wie oft haben Hanna und ich schon über dieses Phänomen diskutiert. Sie amüsiert sich köstlich darüber. Ich hingegen weiß nicht, ob ich es witzig finden soll, dass Philip der einzige Mensch ist, dessen Blicke ich sogar dann spüren kann, wenn er nicht vor mir, sondern in gewisser Entfernung hinter mir steht. Woher ich weiß, dass es seine Blicke sind? Das kann ich nicht erklären. Ich weiß es einfach. Er ist ein Freund. Oder vielleicht sogar ein wenig mehr.

»Ich hätte mir auch einen anderen Start in den Tag gewünscht«, interpretiert Philip meinen Seufzer falsch. Er schiebt die zerbrochene Brille beiseite. »Die ist auf jeden Fall hinüber.«

»Es tut mir ja leid!«, ruft Hanna und stellt sich wieder aufrecht hin. »Wenn ich mit dem Auto fahre, lege ich eben immer alles auf den Beifahrersitz. Mieke hätte einfach besser aufpassen sollen, bevor sie ihren Hintern platziert.«

»Ist ja jetzt gut ihr beiden. Nun können wir es eh nicht mehr ändern. Ich hoffe, die Versicherung übernimmt den Schaden.«

Der Gong kündigt einen Kunden an, obwohl wir noch gar nicht offiziell geöffnet haben. »Kann ich reinkommen?« Philip, Hanna und ich drehen uns gleichzeitig zu der Ladentür um.

»Ich bin etwas zu früh dran … Oh«, sagt er und deutet sichtlich erstaunt mit dem Finger auf mich.

»Der Schwimmbad-Mann!«, entfährt es mir und mein Magen zieht sich zusammen.

»Was?«, fragt Philip und legt die Stirn in Falten.

»Äh, das ist eine lange Geschichte.« Hitze steigt in meine Wangen und ich wage es nicht, den neu eingetretenen Gast anzuschauen. Wenn ich etwas an mir nicht mag, dann, dass ich bei jeder noch so kleinen Gelegenheit erröte.

»Wie cool ist das denn!« Hanna schlägt die Hände vor den Mund und sieht mich mit freudig funkelnden Augen an.

»Ich bin Nils«, erklärt der Schwimmbad-Mann nun und schüttelt zuerst Hanna, dann mir die Hand. Seine Grübchen hatte ich bei unserer ersten Begegnung gar nicht wahrgenommen. Er ist frisch rasiert und seine Haare, die ihm bis fast auf die Schultern reichen, sehen noch feucht aus, als ob er vor Kurzem noch unter der Dusche gestanden hätte. Ich atme tief durch und lege meine Hände auf die Wangen, während Philip uns erklärt, dass Nils nicht nur neu nach Dresden gezogen und ab jetzt für die Dekoration unserer Fenster zuständig ist, sondern auch ein alter Bekannter von ihm ist, da sie aus demselben Dorf stammen. Ich weiß nicht, ob ich mich darüber freuen soll, dass Nils mir nun öfter über den Weg laufen wird. Mein Verhalten im Schwimmbad ist mir immer noch peinlich, und auch jetzt stehe ich ihm wortlos gegenüber und starre ihn an, während er seine Blicke ganz entspannt durch den Laden schweifen lässt. Insgeheim ärgere ich mich darüber, dass ich so blöd herumstehe, und auch Hanna scheint zu bemerken, dass ich für meine Verhältnisse ungewohnt ruhig bin, denn sie gibt mir einen Schulterklaps.

»Spinnst du?«

»Philip redet mit dir. Hast du etwa noch Wasser in den Ohren?« Hanna zwinkert mir zu und ich will etwas erwidern, aber Nils lacht und Philip schaltet sich mit genervtem Ton dazwischen.

»Ich weiß nicht, was ihr beide schon wieder für ein Problem habt, aber da du ja offensichtlich wieder kommunikationsfähig bist, kannst du Nils bitte den Laden zeigen und die Dekoration der Schaufenster mit ihm besprechen?«

»Ich?« Ich reiße die Augen auf und deute auf mich selbst.

»Ja, Mieke. Du bist es doch, die mir seit Wochen damit in den Ohren liegt, dass alle anderen Geschäfte schon weihnachtlich aussehen, nur unseres nicht.« Er wendet sich an Nils. »Bis jetzt haben Mieke und Hanna den Laden immer dekoriert. Aber dieses Jahr können wir uns etwas Professionelles leisten.«

»Ich muss schon sagen, du weißt, wie man für gute Stimmung auf der Arbeit sorgt. Es geht doch nichts darüber, seinen Angestellten Komplimente zu machen.« Nils hält beide Daumen hoch und lächelt mich dabei an.

»Deine Ironie kannst du dir sparen. Die beiden haben das immer großartig gemacht und das wissen sie auch.«

Ich sehe Philip überrascht an. Dass er sich mir und Hanna gegenüber gerne mal im Ton vergreift, kenne ich. Aber ich hätte nicht damit gerechnet, dass er Nils so behandeln würde, noch dazu, wo sie sich kennen und er ihn freiwillig engagiert hat.

»Ach, tun wir das?« Hanna zieht eine beleidigte Schnute. »Und warum dürfen wir dann nicht mehr dekorieren und erfahren das so ganz nebenbei?«

Philip tritt hinter der Theke hervor. »Weil ich keine Lust auf Diskussionen hatte. Und die habe ich immer noch nicht.« Er schaut auf seine Armbanduhr und mein Blick bleibt an seinem sehnigen Unterarm hängen. Wahrscheinlich macht er viel Sport. Hanna und ich wissen nur wenig über Philip. Er beherrscht die Kunst, von sich abzulenken wie kein anderer. Er stellt gerne Fragen, aber antwortet selbst immer nur knapp. Ich reagiere darauf, indem ich von mir erzähle. Philip kennt jede einzelne Kerze aus meiner Sammlung, obwohl er sie noch nie gesehen hat. Und wenn Alina gebacken hat, bringe ich ihm immer ein Stück Kuchen mit. Er erfährt, wenn Lili sich übergeben hat und wenn ich mal wieder vergessen habe, einzukaufen.

Philip zupft seinen Hemdkragen zurecht. »Lasst uns loslegen. Uns bleibt nicht mehr viel Zeit, bevor die ersten Kunden kommen. Hanna, du kommst mit mir ins Büro. Mieke, du kümmerst dich wie gesagt um Nils.« Er sieht mir fest und, wie ich feststelle, etwas zu lang in die Augen. Ich mag diese Momente, in denen ich das Gefühl habe, dass etwas Besonderes zwischen uns ist. Nichts Romantisches, das könnte ich mir nie im Leben auch nur vorstellen. Aber irgendetwas ist da.

»Oder soll ich lieber Schwimmbad-Mann sagen?«, fügt Philip hinzu und beendet den Augenblick. Ich verdrehe die Augen, weil ich weiß, dass er es hasst, wenn ich das tue. Er presst die Lippen aufeinander, dreht sich um und geht in Richtung des Büroraums. Hanna grinst mich an, bevor sie ihm folgt.

»Ich wette, du willst dich nur ganz ohne Zeugen für die kaputte Brille rächen«, höre ich sie noch sagen, bevor sie die Tür hinter sich schließt und ich mit Nils allein bin.

»Der Laden sieht fantastisch aus. Geht das auch auf deine Kappe?«

Ich schüttle den Kopf. »Der war schon so perfekt, bevor ich hier angefangen habe.«

»Und du hast ihn noch perfekter gemacht.« Ich versuche, sein Lächeln zu erwidern, und frage mich, ob er mich vielleicht gar nicht so peinlich findet. Nils läuft weiter über den hellen Parkettboden und stützt sich dann mit der Hand an der pastellfarbenen Wand ab. Mit der anderen Hand nimmt er eine der überall an den Wänden ausgestellten Brillen, ein edles Goldgestell für Damen.

»Sehr schön, Großmutter, aber warum hast du so einen riesigen Mund und so große Hände?«, versuche ich mich an einem Scherz und bin erleichtert, als er lacht.

»Den Mund brauche ich, um dich zu fragen, ob du einmal mit mir essen gehst. Und die Hände … äh, lassen wir das.« Ein freches, aber unverschämt attraktives Schmunzeln zupft an seinen Mundwinkeln.

»Sprich ruhig weiter.« Ich sehe ihn herausfordernd an und fühle mich auf einmal wieder wie ich selbst. Immerhin hat er mich gerade um ein Date gebeten, und das, obwohl ich dachte, dass er nach dem doch etwas peinlichen Moment im Schwimmbad ganz bestimmt kein Interesse an mir hätte.

»Zuerst musst du mir sagen, ob du für das Essen zu haben bist.«

»Natürlich bin ich das.« Ich stelle mich neben ihn und nehme die Brille von seinem Gesicht. Dabei streife ich seine Wange, die sich angenehm warm und weich anfühlt. »Aber die darf nicht mit.«

Wir sehen uns in die Augen und in meinem Bauch kribbelt es.

»Abgemacht«, flüstert er. Er räuspert sich. »Wie du ja schon gehört hast, bin ich neu hier. Du darfst also das Restaurant aussuchen. Ich kenne hier kaum jemanden. Und Philip, das Arbeitstier, hat bis jetzt kaum Zeit für mich gehabt.«

»Typisch.« Ich zucke mit den Achseln. »Wenn es denn sein muss, übernehme ich deine Sozialisierung. Wo kommst du denn überhaupt her und was hat dich dazu bewogen, in unser nettes Städtchen zu ziehen?«

»Du bist ja ganz schön neugierig.« Er greift in die Innentasche seines Parkas und zieht ein Päckchen mit Eukalyptusbonbons hervor. »Auch eins?« Ich verneine und sehe ihm dabei zu, wie er sich ein grünes Kügelchen in den Mund steckt. »Berlin. Scheidung.«

»Oh.« Diese Information überfordert mich. Will ich mich mit jemandem treffen, der gerade eine Scheidung zu verarbeiten hat? Ich will kein Trostpflaster sein.

»Kein Problem. Ich habe den Fehler gemacht, meine erste Liebe zu heiraten. Und jetzt habe ich eben bemerkt, dass es genau das war. Eine erste Liebe.«

»Wie lange wart ihr verheiratet?« Ich weiche einen Schritt zurück, bereit, mir eine ganze Litanei über seine Ehe anzuhören.

»Elf Jahre.«

Ich nicke. »Eine ganz schöne lange Zeit.«

»Lang ja, schön nicht immer.« Er wendet sich ab. »Wir sollten uns jetzt mal mit den Schaufenstern beschäftigen. Sonst wird der böse Wolf uns fressen, wenn er gleich aus dem Büro kommt. Was machen die so lange da drinnen?«

»Sie haben keine Affäre, falls du darauf anspielst. Hanna ist glücklich vergeben. Und Philip ist … nun eben Philip.«

Er lacht und es klingt irgendwie traurig. »Ja, Philip und die Frauen, das ist ein Kapitel für sich.«

Ich horche auf. »Was meinst du damit?«

Hinter der Bürotür wird Hannas Lachen lauter und ich schiebe schnell ein Gestell mit Brillen beiseite, damit Nils und ich ins Schaufenster steigen können.

»Er hat Gnade walten lassen!«, ruft Hanna fröhlich und reckt beide Arme in die Höhe. »Und er hat eine neue Kollektion entdeckt, von der ich mindestens zehn Brillen haben muss.«

Ich versuche so auszusehen, als ob ich schon ewig im Schaufenster gestanden und über Weihnachtsdekoration diskutiert hätte, habe aber keine Ahnung, wie man dabei aussieht. Hanna durchschaut mich sofort; sie kennt mich einfach zu gut und grinst mich an. Ich grinse zurück und werfe einen Blick auf Nils, der einen Notizblock und einen Stift in den Händen hält und eifrig schreibt, wobei sein Haar ihm ins Gesicht fällt.

Als ich wieder zurück zu Hanna schaue, entgleisen meine Gesichtszüge. Philip steht neben ihr und schaut mich mit diesem übellaunigen, finsteren Blick an, den ich so oft an ihm ausmache und der mich immer zum Nachdenken bringt. Es läuft gut für ihn, warum kann er nicht fröhlicher sein?

»Und? In welche Richtung gehen eure Ideen?« Sein Ton klingt gereizt. Mir scheint auf der Stirn geschrieben zu stehen, dass Nils und ich bis jetzt nicht gearbeitet haben.

»Ähm, wir denken da an viele Lichter und viele Zweige, aber mit Kunstschnee bedeckt, passend zu den hellen Tönen der Einrichtung. Und noch ein paar Specials, lass dich überraschen. Nils fertigt uns einen Entwurf und einen Kostenvoranschlag an und dann sehen wir weiter. Die letzte Entscheidung fällst ja sowieso du.« Ich drehe mich zu Nils um, um Philip nicht länger ansehen zu müssen. »Habe ich was vergessen?«

»Nein, das hast du perfekt zusammengefasst.« Nils lächelt mich an und sein Blick hat etwas Verschwörerisches.

»Vergiss den Mistelzweig nicht, Schwimmbad-Mann«, sagt Philip und dreht das Geschlossen-Schild um.

»So, wir haben geöffnet.«

Nils nickt und steigt aus dem Schaufenster. »Ich verstehe.« Er steckt Notizbuch und Stift in die Gesäßtasche seiner Jeans. »Man sieht sich.« Er winkt und sieht dabei nur mich an.

A ls wir durch das Schaufenster zusehen, wie Nils um die
Ecke biegt, haucht Hanna: »Gott, ist der süß. Und er
steht voll auf dich.«

»Glaubst du?« Ich nehme ihre Hand und drücke sie.

»Ja, natürlich. Das ist dir doch auch aufgefallen, oder?« Sie
sieht Philip herausfordernd an.

»Nils steht auf alle Frauen.« Er zieht den Schlüssel für die
Kasse aus seiner Hosentasche und hält ihn mir hin. »Ich habe
noch im Büro zu tun. Kümmert ihr euch um die Kunden.«

Ich nehme den Schlüssel und sehe ihm kopfschüttelnd hinterher. »Na toll. Übellaunig wie immer. Und wie er mit Nils umgesprungen ist. Er hat ihn regelrecht rausgeworfen. Seine sozialen Kompetenzen sind eine Nullnummer.« Ich spreche etwas leiser. »Nils hat mich zum Essen eingeladen und ich habe zugesagt.« Ich halte inne. »Allerdings hat er mich nicht um meine Nummer gebeten und ich habe seine auch nicht. Vielleicht hat Philip recht und er flirtet mit allen Frauen.«

»Er weiß, wo er dich findet.« Hanna zieht mich zu sich und flüstert mir ins Ohr: »Soll ich dir mal was verraten? Ich glaube, Philip ist eifersüchtig.«

»Was?« Ich schiebe sie von mir. »Auf Nils?«

»Ja. Ich habe den Verdacht, dass Philip dich mehr mag als du ahnst.«

»Du denkst, Philip findet mich gut?«, rufe ich und Hanna legt mir den Zeigefinger auf die Lippen. »Aber er meckert so oft an mir rum«, sage ich etwas leiser und spüre ein Glücksgefühl in mir kribbeln, das mir neu ist. »So gut kann er mich also nicht finden. Und warum kommt dir dieser Gedanke ausgerechnet jetzt?«

»Weil du bis jetzt ständig vergeben warst. Da war ich mehr damit beschäftigt, mich über dein schlechtes Händchen für Männer aufzuregen.« Sie strahlt mich an. »Philip ist ein komischer Vogel und kann nicht mit Gefühlen umgehen, schon gar nicht, wenn es um dich geht. So sehe ich das. Aber ja, ich denke, er mag dich.« Sie klatscht in die Hände. »Oh Mann, Alina wird ausflippen, wenn ich ihr das alles erzähle. Du hast zwei Fische an der Angel. Wer wird es wohl werden, der Schwimmbad-Mann oder der verklemmte, seltsame Melancholiker?«

»Hanna, du …« Ich zucke zusammen, als ich Philips Stimme hinter mir höre.

»Das nächste Mal, wenn ihr absurde Mutmaßungen über euren – ich betone – Chef anstellt, vergewissert euch zuvor, dass meine Tür zu ist.«

Ich verschlucke mich fast vor Schreck. »Scheiße«, murmelt Hanna. »Es sind keine Manieren, andere zu belauschen!«, fügt sie todesmutig hinzu.

Philip mustert uns mit einer Kälte im Blick, die Schauer über meinen Körper jagt. Einen Moment befürchte ich, dass er uns beide auf der Stelle entlassen wird, aber dann beruhige ich mich mit dem Gedanken, dass er uns so oft für unseren Einsatz hier lobt.

»Ihr habt es mir unmöglich gemacht, wegzuhören. Wir sprechen uns nach Ladenschluss im Büro.« Er sieht zur Ladentür. »Jetzt muss ich noch mal weg. In zehn Minuten kommt Herr Vogt, seine Kontaktlinsen müssen angepasst werden. Ich bin in ungefähr einer halben Stunde wieder da.«

Er will gehen, aber ich halte ihn am Handgelenk fest. Der Stoff seiner Jacke fühlt sich angenehm weich, aber kühl an. »Warte. Hanna und ich sind manchmal einfach blöd. Unreif und bescheuert. Seit Eric und ich uns getrennt haben, versuchen wir, mich abzulenken, und irgendwie …«

Er starrt auf seinen Unterarm, und für einen Moment befürchte ich, dass er meine Hand wegschlagen wird. »Keine Sorge, Nils wird dich ablenken.« Er sieht mir fest in die Augen und ich sehe Wut darin funkeln. Ich lasse ihn los und kann keinen klaren Gedanken mehr fassen, mir bleibt nur, ihn stumm anzusehen. Ich halte die Luft vor Anspannung an.

Er schaut als Erster weg, sieht Hanna an und dann wieder mich, aber sein Blick ist nicht mehr so intensiv wie vorhin. »Und ich muss euch beide enttäuschen. Ich stehe ganz sicher nicht auf dich, Mieke.«

Wie in einem schlechten Film wird die Tür mit zu viel Schwung aufgerissen, kaum dass er die Worte ausgesprochen hat. Der Gong ertönt und mit ihm eine verführerisch dunkle, weibliche Stimme. »Da bist du ja, was lässt du mich denn so lange in der Kälte stehen?« Eine junge, schlanke Frau mit einem beigen Mantel und streng gezogenem Seitenscheitel in ihrem langen schwarzen Haar presst ihre knallroten Lippen auf Philips Mund und zieht ihn an der Hand hinaus, ohne uns auch nur eines Blickes zu würdigen. Sie kommt mir seltsam bekannt vor, aber noch bevor ich sie näher betrachten kann, fällt die Tür zu und Totenstille setzt ein.

»Was war das denn jetzt?« Hanna sieht mich ungläubig an.

»Philip hat eine Freundin? Seit wann das denn?« Ich bin wie gelähmt und rühre mich nicht von der Stelle.

Hanna hebt einen Zeigefinger. »Ich korrigiere. Er hat eine Hexe als Freundin.« Sie schnuppert in der Luft herum. »Ihr Parfüm ist zum Kotzen.«

Ich fasse mich wieder. »Ich kann ihn so schlecht einschätzen. Manchmal denke ich, ich kenne ihn gar nicht. Denkst du, er feuert uns?«

Hanna winkt ab. »Philip braucht uns. Und außerdem hast du dir nichts vorzuwerfen. Ich habe mit dem Hirngespinst angefangen und ich werde ihm das heute Abend auch erklären.«

»Ach, jetzt ist es auf einmal ein Hirngespinst?« Ich ärgere mich über die Achterbahnfahrt der Gefühle, die Hannas Vermutung in mir hervorgerufen hat.

»Immerhin ist er vergeben. Das wusste ich vor ein paar Minuten noch nicht.« Hanna drückt mich an sich. »Alles wird gut. Das ist doch sonst auch deine Devise.«

»Wahrscheinlich hast du recht.« Ich glaube ihr und kann trotzdem nicht verhindern, dass mir Tränen in die Augen steigen. »Was ist nur los mit mir? Mir ist zum Heulen.«

Das Telefon klingelt und gleichzeitig betritt eine Kundin den Laden. »Wir reden nachher«, flüstert Hanna und lächelt mir aufmunternd zu. »Übernimm du das Telefon.« Sie setzt ein freundliches Lächeln auf und geht zu der Kundin. »Guten Tag, kann ich Ihnen helfen?«

»Können wir die Hexenfreundin bitte aus dem Spiel lassen?« Ich verdrehe die Augen. »Die tut hier nichts zur Sache. Es geht um Nils.« Ich artikuliere seinen Namen übertrieben deutlich.

»Eine wunderschöne Liebesgeschichte nimmt gerade ihren Anfang. Ich spüre das. Schon allein die Symbolik. Beide Männer haben dir einen Schlüssel gegeben.«

Ich sehe Alina fragend an.

»Na, den Spindschlüssel und den Kassenschlüssel«, erklärt sie. »Ich liebe sowas.«

»Nur weil du es liebst, heißt das nicht, dass es so ist, wie du denkst. Darf ich dich daran erinnern, dass Philip vergeben ist? Neben dem Wohl meines Herzens stehen nämlich auch unsere Jobs auf dem Spiel.« Ich drehe mein Glas Wein in den Händen, als ob es wie ein Pendel ausschlagen und mir einen Weg aus diesem Schlamassel weisen könnte. Ich bin erschöpft und der arrogante Auftritt von Philips Freundin ärgert mich, ich muss mich regelrecht zwingen, nicht daran zu denken. Dass wir heute außergewöhnlich viele Kunden hatten und Philip den ganzen

Tag den Chef hat raushängen und sich lediglich zu nüchternen Anweisungen hat hinreißen lassen, macht das Ganze auch nicht besser. Das klärende Gespräch hat er auf morgen verschoben und deswegen haben wir spontan beschlossen, uns mit Alina auf ein Glas Wein und ein paar erbauende Worte in unserem Lieblingslokal zu treffen. Zum *Gerücht – die letzte Kaschemme* ist der perfekte Ort, um unsere Situation zu analysieren.

Während wir um unsere Arbeitsstellen bangen, macht er sich wahrscheinlich einen romantischen Abend mit seiner Hexe. Ein bitterer Geschmack kriecht in meinen Mund, vergeht aber, als ich einen beherzten Schluck von dem herrlich fruchtigen Wein nehme.

»Ich kann deine Sorge verstehen.« Alina nickt. »Ich muss ganz ehrlich sagen, dass ich mich sowieso immer gefragt habe, warum Philip sich so viel von euch gefallen lässt. Wenn meine Angestellten so mit mir umspringen würden, würde ich ...«

Hanna hebt beide Hände. »Das hilft nicht.« Sie legt ihre Brille etwas zu energisch auf den Tisch. »Philip wird uns nicht feuern.«

»Zerstör die nicht auch noch«, bemerke ich flapsig mit einem Blick auf ihre Brille. »Woher bist du dir so sicher, dass wir nicht fliegen? Und jetzt fang nicht wieder damit an, dass Philip uns braucht. Er könnte an jeder Ecke neue Angestellte finden.«

»Seit wann bist du denn so pessimistisch? Ich dachte, du würdest in Glückseligkeit baden, wo dein Schwimmbad-Mann dich jetzt doch noch erobern will.«

Ich greife in das Schälchen vor mir und werfe eine Erdnuss nach ihr. »Noch ist gar nichts Außergewöhnliches passiert. Du hast ja gehört, was Philip gesagt hat. Der flirtet mit allen rum.«

»Und ihm glaubst du natürlich jedes Wort.«

»Immerhin kenne ich ihn deutlich länger als Nils.«

»Und der wusste anscheinend nicht mal, dass Philip eine Freundin hat. So gut können sie sich also nicht kennen.« Hanna lächelt. »Ich finde, du solltest Nils eine Chance geben und dir die Sache nicht von Philip vermiesen lassen.«

»Ach, jetzt auf einmal habe ich nur noch einen Fisch an der Angel?« Beim Wort Fisch mache ich Anführungszeichen in die Luft.

»Stört dich das etwa?«

»Was – nein!«, rufe ich und hoffe, dass meine Stimme nicht so schrill klingt, wie ich glaube.

»Na dann ist ja alles gut. Freu dich doch einfach auf das Date mit Nils.«

Ich massiere meine Schläfen. »Wer weiß, ob das überhaupt je stattfinden wird. Wir sollten wirklich aufhören, während der Arbeitszeit über solche Dinge zu sprechen.«

»Jetzt klingst du schon wie Philip«, erklärt Hanna und schaut mich dabei mit hochgezogenen Augenbrauen an.

»Eigentlich hast du doch gar nichts damit zu tun, Mieke.« Alina wirft Hanna einen vorwurfsvollen Blick zu. »Hättest du dich mit deinen haarsträubenden Vermutungen nicht bis Feierabend zurückhalten können?«

Hanna kichert. »Finde nur ich es witzig, wenn eine Friseurin haarsträubend sagt?«

»Ja!«, sagen Alina und ich im Chor, und trotz meiner miesen Laune muss ich lachen.

Hannas Handy klingelt. »Da muss ich rangehen«, erklärt sie, um kurz darauf verliebt ins Telefon zu säuseln.

»Die hat's echt erwischt.« Alinas Augen funkeln. »Und dich vielleicht auch bald.«

»Fang nicht schon wieder an.«

Alina seufzt. »Ich würde es dir so wünschen. Nach dem Reinfall mit Eric hättest du es verdient, endlich an den Richtigen zu geraten.«

»Wie oft habe ich dir schon gesagt, dass es diesen einen Richtigen für mich nicht gibt? Schon dieses Wort. Der Richtige. Ich will jemanden, der zu mir passt und mit dem ich im Idealfall in ein paar Jahren das Kind bekomme, auf das meine Eltern sich so freuen. Punkt.«

»Ich hoffe aber, dass du viel mehr bekommst als nur das Standardprogramm. Denk an die Milch, Mieke.«

Ich winke ab und nehme einen großen Schluck Wein. »Brauche ich nicht.«

»Du verpasst vieles. Du solltest dich fallen lassen.«

»In den Wein?«, witzele ich.

»Du weißt genau, wie ich das meine.«

»Ich habe aber keine Lust, zu fallen. Ich habe doch erst einen Sturz hinter mir.« Vor meinem inneren Auge sehe ich Eric vor mir. Das hätte auch nichts gebracht, wenn ich mich noch mehr darauf eingelassen hätte. Außer Herzschmerz, und darauf habe ich keine Lust.

»Ich muss euch verlassen. Julian hat gekocht.« Hanna steht auf und trinkt ihr Glas in einem Zug aus. Sie zieht mich auf, nimmt mich in den Arm und drückt ihre Wange an meine. Sie fühlt sich hitzig an.

Während sie sich von Alina verabschiedet, wird mir etwas schwer ums Herz. Alina wird in einer halben Stunde von ihrer Freundin Britta abgeholt und ich werde dann allein in mein Zuhause zurückkehren, kurz mit Lili rausgehen, mir eine Fertiglasagne in den Ofen schieben und fernsehen. Was so entspannend klingt, ist heute gar nicht meins. Ich gestehe es mir nicht gerne ein, aber Erics Gesellschaft fehlt mir. Dabei haben wir nicht einmal zusammengewohnt. Aber ich wusste einfach, dass es da jemanden gab. Ich atme tief durch. Nils wird in den Laden zurückkehren, um die Fenster zu dekorieren, und er hat Interesse an mir gezeigt. Darauf sollte ich mich konzentrieren. Eric ist Vergangenheit. Ich blinzle mich zu meinen Freundinnen zurück und sehe gerade noch, wie Hanna das Lokal verlässt.

»Du bist eine Träumerin. Es ist verwunderlich, dass du so gar nicht zugänglich für romantische Gedanken bist.« Alina lächelt. »Sollen wir noch ein Stück spazieren gehen und Britta entgegenlaufen?«

»In der Kälte?«

»Das hat dich sonst nie gestört. Immerhin ist das deine liebste Zeit im Jahr.« Alina mustert mich. »Du bist nicht glücklich.«

Mein Ton hebt sich gegen meinen Willen. »Warum bin ich denn jetzt auf einmal nicht mehr glücklich, nur weil mir Ende November kalt ist?«

Alina wendet sich ab und ruft den Kellner herbei. »Alles zusammen.«

Ich ziehe meine Mütze tiefer in die Stirn und hake mich bei Alina unter. Wir laufen die Gasse nach oben zur Kreuzung. Ich seufze, als ich rüber zum Optiker schaue. Die Schaufenster sind wirklich die einzigen, die noch nicht dekoriert sind.

»Gibt es etwas Schöneres als die Weihnachtszeit?«, frage ich Alina. Die Luft ist kalt und klar, die ersten Schneeflocken fallen vom Himmel. Bald wird es Zeit, das Weihnachtsfest mit der Familie und Freunden zu feiern.

Über uns lächelt der Mond mit vollen Wangen. »Es war doch eine gute Idee, noch ein bisschen spazieren zu gehen.«

Alina lacht. »Siehst du und du liebst die Weihnachtszeit doch so sehr. Aber mal davon abgesehen ist mir der Sommer auch lieber.«

»Schau dir nur diese vielen Lichter an, die gehen einem doch direkt ins Herz«, erkläre ich. »Die vielen dekorierten Schaufenster, überall dieser schöne Glanz, das Gefühl kann einem kein Sommerabend geben.«

Alina verlangsamt ihren Schritt und ich tue es ihr gleich. »Laubegast ist auch ohne Weihnachtsbeleuchtung bezaubernd. Hier ist es immer, als ob die Zeit stillstehen würde.«

Ich deute auf ein Haus, dessen Fenster alle von Lichterketten umrahmt sind. In der Mitte der Fenster im unteren Stockwerk funkelt jeweils ein großer Stern in warmem orangem Licht.

»Ich muss mir mehr Leuchtdekoration besorgen. Ich hatte mir das schon letztes Jahr vorgenommen, aber irgendwie fand Eric das dann alles zu kitschig und ich habe darauf verzichtet.« Ich beobachte, wie sich die winzige Wolke, die sich beim Sprechen gebildet hat, auflöst.

»Ich bin froh, dass die Beziehung mit Eric nicht gehalten hat. Er war nicht gut für dich.« Alina bindet ihren Pferdeschwanz los und drapiert sich die Locken über die Ohren. Dann hakt sie sich wieder bei mir unter.

»Findest du?« Ich lache. »Jetzt fang nicht wieder damit an, dass ich nur billige Ersatzmilch trinke.«

»Warum wolltest du vorhin gar nicht über Philips Freundin sprechen? Kaum hatte Hanna damit angefangen, hast du das Thema auf Nils und seine Einladung gebracht.«

Ich zucke mit den Achseln. »Keine Ahnung. Ist Nils denn nicht wichtiger als Philip?«

»Sag du es mir.«

»Ich will nicht schon wieder über ihn reden.« Mein Blick wandert die Straße entlang.

»Es ist mir egal, was Philip macht. Wir sind nur Freunde.« Ich reibe meine Augen, die von der Kälte tränen. »Schade, dass du die Salonfenster schon dekoriert hast. Sonst hättest du Nils engagieren können.«

»Ach Mieke.« Alina bleibt stehen.

»Was denn?«

Bevor sie etwas erwidern kann, kommt uns eine kleine, schlanke Frau, die in ihrem Mantel und ihrer Bommelmütze zu ertrinken droht, auf uns zu. Ihre laute, aber fröhliche Stimme erkenne ich sofort wieder. Sie kommt mit eiligen, fast schon hüpfenden Schritten auf uns zu, und erst jetzt wird mir bewusst, wie still und menschenleer alles um uns herum ist.

»Da seid ihr ja!« Britta küsst Alina auf den Mund und nimmt mich kurz in den Arm. »Mieke! Gut siehst du aus!«

»Sollen wir dich nach Hause bringen, Mieke?«, fragt Alina fürsorglich.

Ich schüttle den Kopf. »Schon gut. Von hier aus sind es doch nur noch ein paar Meter.«

Alina küsst mich auf beide Wangen. »Danke für den schönen Abend. Wir hören voneinander.« Britta und Alina lächeln mich mit so viel Glück in den Augen an, dass mein Atem stockt. Ich winke ihnen zu und sehe ihnen hinterher, bis sie um die Ecke verschwunden sind und ich allein bin.

5

Ich schließe den Laden von innen ab. »Ich habe mir für heute Abend eine Massage gebucht.«

Hanna knabbert an ihrer Unterlippe, während sie mir zuhört. »Nächstes Mal komme ich mit, versprochen. Julians Eltern warten schon eine Ewigkeit auf ein Essen mit uns.« Sie deutet auf die Bürotür. »Aber zuerst müssen wir noch in die Höhle des Löwen.« Auch heute hat Philip kein Wort zu viel an uns verschwendet. Mir graut vor dem Gespräch mit ihm.

Als er uns zehn Minuten später zu sich ruft, erinnere ich mich daran, wie Alina und ich in der achten Klasse beim Schwänzen erwischt und zum Direktor gebracht wurden. Meine Eltern waren so enttäuscht von mir, dass ich mich augenblicklich zur Musterschülerin wandeln wollte, was mir abgesehen von ein paar schwachen Momenten auch gelang.

Philip deutet auf das Sofa in der Ecke des Raums. »Setzt euch.« Er lehnt sich an die Wand neben dem Fenster. Ich weiß nicht, wovor ich mehr Angst habe: vor der Kündigung oder davor, dass Philip uns weiter so abweisend behandeln wird. Er war nie in großer Plauderlaune, aber dass wir nun schuld sind an seiner angespannten Miene, schlägt mir aufs Gemüt. Meine Wangen brennen und mir ist übel. Am liebsten würde ich Hannas Hand nehmen, aber ich will mich nicht lächerlich machen.

Philip holt tief Luft und verschränkt seine Arme vor der Brust. Wir haben uns noch nie umarmt. Ich runzle die Stirn. Was soll dieser Gedanke denn jetzt?

»Ihr könnt euch wahrscheinlich denken, warum ich mit euch sprechen möchte.« Hanna und ich nicken und Philip fährt fort: »Wie ihr wisst, schätze ich eure Arbeit sehr, ihr habt diesen Laden mit aufgebaut und die Kunden mögen euch.«

Hanna und ich sehen uns an. Sie lächelt. Wahrscheinlich denkt sie an die erste Zeit im neu eröffneten Geschäft. Wir haben alles gegeben und jeden noch so kleinen Erfolg nach Feierabend mit einem Glas Sekt begossen. Meistens ohne Philip, wie mir wieder einfällt. Meine Wangen brennen noch mehr.

»Das ändert aber nichts daran, dass ich mir einen anderen Umgangston wünsche. Ihr seid Freundinnen und das wirkt sich sicher positiv auf das Arbeitsklima aus.« Er seufzt. »Aber ihr seid mir etwas zu … offen. Ich meine, ich bin immer noch euer Chef. Ihr solltet eure Seifenopern-Geschichten darüber, wer auf wen steht, nach Ladenschluss austauschen. Stellt euch vor, ein Kunde hätte etwas davon mitbekommen. Das wirkt unseri-ös.«

»Ein Kunde oder deine Freundin?« Mir wird übel. Hanna weiß nicht, wann sie den Mund halten sollte. Ein Phänomen, das auch mir nicht fremd ist.

»Siehst du, das ist es, was ich meine. Diese respektlosen Bemerkungen. Was soll das denn?«

»Entschuldigung«, murmelt Hanna.

Irgendetwas brodelt in mir, und noch bevor ich nachdenken kann, springe ich auf und rufe: »Was ist respektlos daran, dass wir gerne mehr über dich wüssten? Wann hast du Geburtstag? Trägst du lieber Hemden als Pullover? Weinst du bei traurigen Filmen? Hast du lieber Knöpfe oder Reißverschlüsse? Willst du Kinder haben? Siehst du dir lieber Dokumentationen oder Filme an? Warum magst du Weihnachten nicht? Und warum dürfen wir deine Freundin nicht kennenlernen?« Ich fuchtele mit den Armen herum. »Warum lädst du uns nie zu dir ein und lehnst unsere Einladungen ab? Behandelt man so seine Freunde?«

Hanna unterbricht meinen Redeschwall mit einem kräftigen Ellenbogenstoß.

»Aua!«

»Mieke ist gerade etwas durcheinander. Was sie sagen wollte, ist, dass wir es bedauern, dass wir privat nicht auch mal Zeit mit dir verbringen.« Hannas Stimme zittert so unmerklich, dass es mir nur auffällt, weil wir uns so vertraut sind. »Bitte sei uns nicht böse, vor allem nicht Mieke. Ich habe mit dem ganzen Quatsch angefangen. Mieke ist so eine tolle Frau und jetzt ist sie allein und das an Weihnachten. Da ist meine Fantasie mit mir durchgegangen.«

Hitze durchflutet mein ganzes Gesicht. Ich zwicke Hanna fest in den Arm, die vor Schmerz quietscht, mich dann aber entschuldigend anlächelt. Wir reiten uns immer tiefer rein. Mit Alina und ihrer ruhigen Art wäre dieses Gespräch bestimmt anders verlaufen. Hanna und ich ähneln uns so sehr, dass es uns in Situationen wie diesen zum Verhängnis wird.

»Ich verstehe.« Philip geht zur Tür und zieht sie auf. »Ich fürchte, ich muss es einmal unmissverständlich sagen: Wir sind keine Freunde. Mein Privatleben geht euch nichts an. Auch wenn wir uns gut verstehen – meistens jedenfalls – bin ich immer noch euer Chef. Nicht mehr und nicht weniger.« Er sieht an uns vorbei. »Ihr könnt jetzt gehen. Ich denke, es ist alles geklärt.«

»So siehst du das?« Ich stehe etwas zu schnell auf und mir wird für einen Moment schwindlig. Er weicht meinem Blick immer noch aus. »Wir sind also keine Freunde?« Eine ganze Welt zerbricht in mir. Ich habe mich noch nie so klein gefühlt. So absolut unbedeutend.

»Lass gut sein!« Hanna zerrt mich in Richtung Tür und schiebt mich regelrecht durch den Rahmen.

»Ich verstehe ehrlich gesagt nicht, wie du auf die Idee kommst, Mieke. Ach ja, eins noch ...«

Ich reiße mich von Hanna los und drehe mich um. »Ja?«

Wir sehen uns in die Augen. Niemand sagt ein Wort. Ich vergesse alles um mich herum. Es gibt nur noch diesen Blick und das Schweigen zwischen uns, zusammen mit diesem unangenehmen Gefühl in meinem Bauch, das ich nicht deuten kann. Wir sind keine Freunde. Damit hat er innerhalb weniger Sekunden meinem Herzen einen ordentlichen Knacks verpasst. Hoffnungsvoll schaue ich ihn nun an.

»Morgen Nachmittag kommt Nils vorbei, um mir seinen Entwurf zu zeigen. Ich dachte, das interessiert dich vielleicht.«

»Ich meine, er sieht mich manchmal so lange an. Nicht, dass ich das jetzt auf irgendeine spezielle Weise interpretieren möchte, aber es ist mir eben aufgefallen.«

»Sie genießen Ihre Massage gar nicht«. Mit sanftem Handdruck wird mein Kopf wieder auf die Liege gedrückt. Ich schließe die Augen und atme ein paar Sekunden ruhig, aber dann erhebe ich mich wieder.

»Nur eins noch. Er lacht fast nie. Ist das nicht seltsam? Wenn ich an ihn denke, sehe ich ihn immer nur mit diesem ernsten Blick.«

»Vielleicht sollten Sie gar nicht mehr an ihn denken.« Die Masseurin macht eine Geste, die andeutet, dass ich mich wieder hinlegen soll, aber ich setze mich aufrecht hin und hülle mich in das Handtuch, das die nicht massierten Körperpartien bedeckt hat.

»Bitte entschuldigen Sie. Ich muss furchtbar anstrengend sein. Aber er ist mir eben wichtig, weil ich dachte, dass wir Freunde sind.«

»Schon gut. Es ist nur schade, dass Sie nicht entspannen.« Sie sieht aus wie eine Puppe mit ihrem rosa Kittel, dem Porzellanteint und dem blonden Zopf. Ich mag sie, und auch wenn ich ihren Namen schon wieder vergessen habe und das Schildchen an ihrem Oberteil gerade nicht entziffern kann, nehme ich mir vor, nur noch Massagen bei ihr zu buchen.

Sie lässt von mir ab und reibt ihre zarten Hände aneinander. »Mein Mann und ich konnten uns als Kinder nicht ausstehen. Mittlerweile sind wir seit zwei Jahren verheiratet und haben ein

Baby. Sie sollten also nicht so traurig sein, man weiß nie, was passiert.«

Ich weiche ihrem Blick aus und starre auf ihren flachen Bauch. Ich sehe meine Eltern vor mir, die immer noch glauben, dass ich mit Eric zusammen und demnächst schwanger bin. Dabei bin ich allein. Ich habe Eric verloren und nun auch noch Philip. Meine Wange kribbelt und erst da bemerke ich, dass ich weine.

»Ich will doch gar nichts von ihm. Es soll nur nicht so sein, wie es jetzt eben ist. Aber jetzt wird es noch kälter sein im Laden, als es schon war, nur dass ich so getan habe, als wäre da keine Distanz.« Ich ziehe die Nase hoch. »Wenn er nicht immer so unglücklich aussehen würde. Müsste er nicht viel zufriedener sein? Immerhin ist er verliebt.«

Sie lächelt. »Vielleicht ist sie nicht die Richtige.«

»Nun fangen Sie nicht auch noch damit an.« Ich lasse mich von der Liege gleiten. Die Fliesen kühlen meine Füße.

»Ich glaube, ich gehe jetzt besser nach Hause. Ich bin nicht in Form und mein Hund muss raus.« Ich reibe meine Augen und werfe einen Blick auf ihr Namensschildchen. »Bis bald, Sabrina.«

6

Hanna summt vor sich hin: »Nicht mehr lange, dann haben wir Urlaub«, das letzte Wort singt sie und pustet sich ihren Pony aus der Stirn, während sie an mir vorbeiläuft. »Die Schmerzen bringen mich um, ich bin so froh, dass mein Zahnarzt mich dazwischenschiebt«, raunt sie mir zu und sagt dann lauter: »So, sie ist wieder gerade, das nächste Fußballspiel kann kommen.« Sie bückt sich zu einem etwa zehnjährigen Jungen herunter. »Hier, setz sie mal auf, wir kontrollieren schnell, ob es so passt.«

Ein paar Minuten später schlüpft Hanna in ihre Daunenjacke, winkt mir zu und macht ein weinerliches Gesicht, während sie auf ihren Mund zeigt. Ich fühle mit ihr. Ich selbst könnte nach einer schlaflosen Nacht auf der Stelle einschlafen und außerdem habe ich einen Riesenhunger, weil der Käse auf meinem Sandwich matschig war und meine Mittagspause ruiniert hat. Ich kann mich kaum an die Wünsche meiner Kundin erinnern, ziehe eine Schublade mit Brillengestellen aus der Wand und wühle unmotiviert darin herum.

»Telefon für dich.« Philip steht auf einmal neben mir, aber mit einer gewissen Distanz, von der ich mich frage, ob sie wirklich neu ist oder immer schon da war. »Privat. Scheint wichtig zu sein. Ich übernehme das hier.«

»Hornbrillen in allen Farben«, informiere ich ihn, werfe der ganz in schwarz gekleideten Kundin einen Blick zu und sehe Philip wieder an. »Glaube ich zumindest.«

Ohne ihn zu Wort kommen zu lassen, eile ich zum Telefon.

»Hallo?«

»Hallo Schätzchen, Inge Breitner hier.«

Ich erkenne die dünne Stimme meiner Nachbarin wieder, die Mitte achtzig ist und seit dem Tod ihres Mannes mehr oder weniger unsichtbar neben mir wohnt. Das Einzige, was uns verbindet, ist, dass sie mir mit Lili hilft, indem sie meinen Hund ausführt, während ich arbeite. Da Inge nicht mehr ganz fit ist und Lili kurze Beine hat, bevorzugen sie beide einfache, kurze Strecken und ergänzen sich so wunderbar.

»Ist etwas mit Lili?« Mir wird flau.

»Ihr geht es gut. Aber als ich sie gerade vom Spaziergang zurückbringen wollte, habe ich gesehen, dass Ihre Haustür aufstand. Einen Spalt nur, aber sie stand auf. Soll ich die Polizei rufen?«

Ich gehe blitzschnell die Möglichkeiten in meinem Kopf durch. Ich habe keine Alarmanlage, und auch wenn mein Haus nicht gerade Luxus ausstrahlt, bedeutet das nicht, dass es vor Einbrechern gefeit ist. Eric hat keinen Schlüssel mehr und auch kein Interesse mehr an mir oder diesem Haus. Frau Breitner ist neben meinen Eltern die Einzige, die Zugang zu meinem Zuhause hat, und sie meinte schon öfter zu mir, dass sie in letzter Zeit immer vergesslicher wird. Mein Vater hingegen würde niemals vergessen, die Tür zu schließen, und außerdem erscheinen meine Eltern nie unangemeldet bei mir.

»Könnte es sein, dass Sie die Tür haben aufstehen lassen, als Sie Lili geholt haben?«, frage ich vorsichtig.

»Ich weiß nicht.« Sie zögert. »Soll ich die Polizei also nicht rufen? Ich traue mich nicht ins Haus, um nachzuschauen, ob alles in Ordnung ist.«

»Das brauchen Sie auch nicht.« Ich blicke mich im Laden um. Heute ist ein ruhiger Tag und Philip sitzt ungewohnt entspannt bei der Hornbrillen-Kundin. Ansonsten probiert nur ein albern kicherndes Pärchen Sonnenbrillen an. »Ich komme vorbei«, beschließe ich, »und dann entscheiden wir, was zu tun ist. Nehmen Sie Lili mit rüber.«

»Mache ich.«

»Und Frau Breitner?«

»Ja?«

»Machen Sie die Tür zu. Ihre und meine.«

»Natürlich musst du hin«, sagt Philip, während ich in meinen Mantel schlüpfe. »Wenn wirklich jemand eingebrochen hat, musst du so schnell wie möglich die Polizei informieren.«

Ich schüttle den Kopf. »Ich gehe nicht davon aus, dass das nötig sein wird. Meine Nachbarin ist alt und vergesslich.«

»Können wir jetzt bitte weitermachen – ich werde nicht jünger!«, meckert die Hornbrillen-Kundin und sieht Philip dabei so lüstern an, dass ich mich frage, ob es ihr wirklich um eine neue Brille geht oder ob sie sich einfach nur vor Philip präsentieren will. Eins ist sicher: Sie ist keine Konkurrenz für Philips Hexenfreundin. Aber ich wohl auch nicht. Will ich auch gar nicht sein, denke ich trotzig und schelte mich innerlich für meine blöden Gedanken. Es gibt jetzt Wichtigeres zu tun.

»Ich bin gleich zurück«, versichere ich Philip und werfe der Kundin einen bedeutungsvollen Blick zu.

»Schon gut, es ist sowieso bald Feierabend, lass dir Zeit.« Ich ignoriere das selbstgefällige Grinsen von Philips Gegenüber und haste aus dem Geschäft. Zu Fuß brauche ich ungefähr zehn Minuten von meinem Haus bis zur Arbeit, was ein Segen ist, weil ich mir immer noch kein Auto besorgt habe. Da ich mir keine allzu großen Sorgen mache, beschließe ich, zwar etwas schneller zu gehen, aber nicht zu rennen.

Ich weiß, es ist kindisch, aber irgendwie hatte ich gehofft, er würde den Laden trotz der Unstimmigkeiten zwischen uns schließen, um mich zu begleiten und mit mir zusammen nachzusehen, ob alles in Ordnung ist. Er hat mich nicht einmal darum gebeten, ihm eine Textnachricht zukommen zu lassen, wenn ich im Haus bin. Das ist so typisch. Philip beantwortet Textnachrichten nur dann, wenn es sich um etwas wirklich Dringendes handelt. Obwohl: Ist ein möglicher Einbruch nichts Wichtiges? Auf der anderen Seite bin ich selbst schuld, da ich das Ganze vor ihm heruntergespielt und einen Einbruch nicht einmal in Erwägung gezogen habe.

Als ich kurze Zeit später vor meinem Zuhause mit der lachs-farbenen Fassade stehe, kommt Frau Breitner auch schon von nebenan angerannt, begleitet von Lili, die mich freudig begrüßt und von dem ganzen Trubel nichts mitzubekommen scheint.

Ich atme tief durch. »Ich gehe jetzt rein. Wenn Sie mich schreien hören oder wenn ich in fünf Minuten nicht wieder hier bin, rufen Sie die Polizei.«

Frau Breitner nickt. »Ich warte bei meiner Tür und behalte die Uhr im Blick.«

Etwas mulmig ist mir schon zumute, als ich die Tür aufschie-be. Doch schon beim Betreten meines Wohnzimmers wird mir klar, dass ich nichts zu befürchten habe. Hier war niemand. Alles sieht so halb aufgeräumt aus, wie ich es heute Morgen verlassen habe. Ich öffne probeweise ein paar Schubladen und erhalte noch einmal die Bestätigung, dass sich hier niemand auf die Suche nach wertvollen Dingen gemacht hat, die ich nicht einmal besitze.

Bevor ich nach oben ins Schlafzimmer laufe, ziehe ich wie ge-wohnt meine Stiefel aus. Auch hier ist nichts anders, als ich es gewohnt bin. Vor der Kommode mache ich Halt und betrachte mich im Spiegel. Der Schlafmangel hat seine Spuren hinterlas-sen, trotz meines zu teuren Make-ups. Ich entdecke Stressfle-cken auf meinem Hals und verstecke sie unter meinem Schal. Dann eile ich nach unten und stoße mir dabei meinen kleinen Zeh so fest am Türrahmen, dass mir kurz übel wird. Ich habe jetzt keine Zeit, mich darum zu kümmern, denn wenn ich nicht gleich wieder draußen bin, wird meine Nachbarin die Polizei rufen. Also humpele ich weiter und erkläre der besorgten Frau Breitner kurz darauf, dass ich nicht angegriffen wurde, sondern lediglich einen kleinen Unfall hatte.

Ich lasse Lili wieder ins Haus und versichere Frau Breitner gefühlt hundertmal, dass nichts passiert ist, weder dem Haus noch meinem Zeh. Dann humpele auch ich zurück in mein Wohnzimmer und lasse mich aufs Sofa fallen. Lili hüpft zu mir rauf und schaut mich mitfühlend an. Ich schreibe Philip, dass nichts passiert ist, und ziehe im Anschluss vorsichtig die Wollsocke von meinem Fuß. Der Zeh verfärbt sich schon. Ich springe auf einem Fuß zum Kühlschrank, um mir eins dieser mit Gel gefüllten Kühlkissen zu holen.

Kaum habe ich mich wieder hingesetzt, klingelt es an der Tür. Vielleicht will Philip doch noch nach mir sehen? Aber warum sollte er, ich habe ihm ja mitgeteilt, dass alles in Ordnung ist. Ich seufze und hüpfe zur Haustür. Da sie kein Fenster enthält, bin ich umso überraschter, als ich sehe, wer vor mir steht.

»Du? Hier?«

Nils lacht. »Damit hättest du nicht gerechnet, was?« Er schaut auf meinen nackten Fuß, der von dem hereinströmenden Luftzug gekühlt wird.

»Das sieht nicht gut aus.«

»Halb so wild.« Ich winke ab.

»Wenn du es sagst.« Er grinst und mein Blick bleibt an seinen Grübchen hängen. »Der ist ja süß.« Er geht in die Hocke und krault die aufgeregte Lili am Ohr. »Ich mag Hunde.«

Und ich mag dich, denke ich und versuche diesen Gedanken gleich wieder loszuwerden, bevor ich mich wieder so bescheuert aufführe wie bei unserer ersten Begegnung im Schwimmbad. »Was führt dich hierher und woher weißt du überhaupt, wo ich wohne?«

»Philip und noch mal Philip«, erklärt er. »Er hat sich Sorgen gemacht und unser Gespräch auf morgen verlegt.«

Mein Herz schlägt schneller und ich spüre, wie ich erröte. »So wird er nie zu seiner Weihnachtsdekoration kommen. Immerhin ist in vier Tagen schon der erste Advent. Außerdem habe ich ihm doch geschrieben, dass alles gut ist.« Ich bemühe mich um einen gleichgültigen Ton, obwohl mein Innerstes vor Freude hüpft. Ich bin ihm eben doch nicht egal.

»Davon hat er nichts gesagt.« Er stellt sich wieder hin und streicht sich die Haare aus dem Gesicht. »Freust du dich denn nicht, dass ich da bin?«

»Doch, schon, nur wollte ich dich erstmal besser kennenlernen, bevor ich dich mit nach Hause nehme.« Ich lächle. »Ich meine natürlich bevor ich dich zu mir nach Hause einlade.« Am liebsten würde ich mir die flache Hand an die Stirn klatschen. »Er hat dich also tatsächlich zu mir geschickt? Warum kommt er denn nicht selbst, wenn er sich Sorgen macht?«

»Willst du jetzt ernsthaft über Philip reden?« Er sieht verletzt aus.

Ich schüttle den Kopf. Philip und seine Hexenfreundin sind mir egal, beschließe ich.

»Komm rein.«

»Gemütlich hast du's hier.« Nils setzt sich auf mein Sofa, stützt sich mit den Ellenbogen auf seinen Knien ab und lächelt mich an.

»Ich habe mein Bestes gegeben.« Ich hebe Lili hoch und gebe ihr einen Kuss. Sie drückt sich kurz an mich, beginnt dann aber zu strampeln und ich setze sie wieder runter. Mein Zeh bringt mich bei dieser Bewegung fast um, aber ich ignoriere den Schmerz und sage: »Du als Dekorationsmensch könntest wahrscheinlich hier noch viel mehr rausholen.«

»Warum? Es sieht prima aus. Richtig einladend.« Er deutet auf den Weihnachtsbaum in der Ecke. Der über und über mit bemalten Weihnachtskugeln aus Thüringen, Lametta und einer mindestens fünf Meter langen Lichterkette verziert ist.

»Du hast Talent.«

Ich lächle bei der Erinnerung daran, wie mein Vater mir vor Kurzem den Baum vorbeigebracht und ihn im Anschluss auch gleich mit mir geschmückt hat. Er hat dabei kitschige Lieder gesummt und ich habe jeden Ton davon geliebt. Der Baum strahlt so eine Wärme aus, dass ich jetzt schon heulen könnte, wenn ich daran denke, dass er hier nicht ewig stehen kann.

»Danke. Nur mit der Beleuchtung am Fenster bin ich noch nicht zufrieden.« Ich deute auf das Fensterbrett. »Deswegen die vielen Kerzen.«

»Die sorgen doch für eine schöne Atmosphäre, da brauchst du gar keine Elektronik. Man fühlt sich wohl hier.«

Ich lasse mich in meinen Lieblingssessel fallen und versuche mein Wohnzimmer mit dem Blick eines Fremden zu betrachten. Meine Schwäche für Pflanzen, kitschige Keramikfiguren und vor allem Kerzen ist wohl nicht zu übersehen. Und dass ich nicht die Ordentlichste bin, entgeht einem auch nicht, wenn man den Berg von Jacken und Schals auf dem Schaukelstuhl entdeckt, dessen Kissen verrutscht ist und halb auf dem Boden liegt.

Mein Blick wandert zu Nils zurück, der mich eindringlich ansieht. Wieder steigt Wärme in meine Wangen, als ich meine mit Schneeflocken verzierte Wollsocke neben ihm auf der Armlehne des Sofas entdecke. »Ich hole uns etwas zu trinken«, sage ich und will aufstehen, um auch gleich die Socke von der Lehne zu nehmen, aber Nils kommt mir zuvor. »Lass mich das machen. Du solltest deinen Fuß stillhalten.«

Er begibt sich in die Küche und kocht uns mithilfe meiner Anweisungen einen Apfel-Zimt Tee. Ich beobachte ihn. Er ist größer als Philip, der mich kaum überragt. Nils wirkt wie ein Beschützer und ich glaube, er ist ein wirklich netter Mensch, ich kann ihn mir nicht mit der verkniffenen Miene vorstellen, die Philip ausmacht. Ich schleiche zum Sofa, schnappe meine Socke und ziehe sie über meinen Fuß. Schnell lasse ich mich wieder in den Sessel fallen, bevor Nils die Karaffe Tee und einen Teller mit Lebkuchen auf dem Tisch abstellt.

»Ich habe die Feen-Tür in deiner Küche gesehen. Mit Elfen und Schnee. Das volle Programm eben. Witzig.«

»Hast du dir etwas gewünscht?«, will ich wissen.

»Nein, hätte ich das tun sollen?«

»Natürlich, dazu ist die Feen-Tür doch da.«

Er schließt seine Augen für einen winzigen Moment. »Erledigt.«

»Hoffentlich geht es in Erfüllung.«

»Das hoffe ich auch. Du profitierst nämlich auch davon.«

Ich weiß nicht warum, doch seine Gegenwart macht mich nervös. Ich zupfe an meinem Finger rum. »Warum hat Philip das Gespräch mit dir eigentlich verlegt? Es würde zeitlich noch reichen, wenn wir jetzt sofort hingehen.«

Er grinst. »Vielleicht habe ich vorhin ein bisschen geflunkert. Ich war es, der ihn auf morgen vertröstet hat. Ich wollte gerne Zeit mit dir verbringen, und als er mich zu dir geschickt hat, ist mir das wie ein Wink des Schicksals vorgekommen.«

»Ich verstehe nicht, warum er sich offensichtlich Sorgen gemacht hat und mir dann nicht einmal auf meine Nachricht antwortet.« Ich halte mein Handy hoch.

»Du denkst ganz schön viel über Philip nach.« Er schenkt uns Tee ein.

»Es beschäftigt mich eben, dass er Hanna und mir die anscheinend nie vorhanden gewesene Freundschaft gekündigt hat.«

Nils zieht die Augenbrauen hoch. »Nicht vorhandene Freundschaft gekündigt. Was soll das bedeuten?«

Ich blicke zu Boden. »Komplizierte Geschichte.«

»Philip war schon immer kompliziert. Können wir jetzt das Thema wechseln?«

Ich nicke. »Entschuldige.«

Er trinkt einen Schluck und verzieht das Gesicht. »Heiß.«

»Finde ich auch«, antworte ich und lächle ihn an.

»Meinst du jetzt den Tee oder mich?«

»Wer weiß.« Wir grinsen uns blöde an wie zwei Teenies bei ihrem ersten Date.

»Wie sieht es mit unserem Essen aus?«, will ich wissen, um das Thema zu wechseln.

Er befeuchtet seine Lippen. »Wie wäre es mit Samstagabend? Restaurant oder Weihnachtsmarkt?«

Ich denke an Alina, ihren Milch-Vergleich und mein Versprechen.

»Geht auch beides?«, frage ich und lächle erneut. Ich würde nicht für Nils sterben, aber richtig kennenlernen will ich ihn auf jeden Fall.

7

Ich verdrehe die Augen und erkläre Hanna: »Es ist nichts passiert. Wir haben Tee zusammen getrunken, ein bisschen gequatscht und das war´s.«

Hanna fuchtelt mit einer Flasche Kontaktlinsenflüssigkeit in der Luft herum. »Und morgen habt ihr ein Date. Das ist so aufregend.« Sie wirft einen Blick zur Ladentür, auf die eine Frau mit zwei kleinen mürrisch aussehenden Mädchen zusteuert, und in der Sekunde darauf auf ihre Uhr.

»Ich weiß, Sie schließen gleich, aber könnten Sie Mia noch schnell die Brille richten?«

Hanna nickt und lächelt. »Das machen wir doch gerne.« Sie mustert das Mädchen mit der offensichtlich schiefen Brille auf der Nase. »Ich sehe schon, es ist ein Notfall.«

»Sie haben sich gestritten.« Die Frau seufzt. »Mal wieder.«

»Sie hat angefangen«, sagen die Kinder gleichzeitig und Hanna lacht.

»Nehmt doch da hinten Platz. Ich kümmere mich um die Brille und danach erzähle ich euch, wie das bei mir und meinem Bruder war, als wir klein waren.«

Ich schmunzle. Ich habe Hannas Bruder erst einige wenige Male getroffen, aber ich weiß, dass er viel mitgemacht hat mit seiner großen Schwester. Heute sind die beiden allerdings ein Herz und eine Seele.

»Mieke?«

»Ja?« Ich habe Philip gar nicht kommen sehen. Er sieht wieder so ernst aus. Und klingt auch so. Nils' Grübchen und sein lockerer Ton kommen mir in den Sinn. Wenn Philip nur ein bisschen so wäre wie er, dann …

»Hörst du mir überhaupt zu?«

Ich fahre mir durch die Haare. »Natürlich. Aber es schadet trotzdem nicht, wenn du es wiederholst.« Ich spüre, wie ich erröte.

Er schweigt für einen Moment und ich höre Hanna und die Kinder im Hintergrund lachen.

»Ich habe gesagt, dass mir etwas dazwischengekommen ist. Ich muss gleich los. Könntest du dich mit Hanna um den Entwurf kümmern, den Nils gleich vorbeibringen wird?«

Ich mustere ihn. Seine Haare sehen ordentlicher aus als sonst. Das mintgrüne Hemd, das er trägt, kenne ich nicht. Seine angespannten Gesichtszüge dagegen schon. Ich würde ihn gerne fragen, ob er zu seiner Hexenfreundin geht. Aber der Dämpfer, den er Hanna und mir verpasst hat, hat einen bitteren Nachgeschmack hinterlassen. Er will nur dein Chef sein, erinnere ich mich und kann nicht verhindern, dass eine Mischung von Wut und Enttäuschung in mir aufsteigt. Ich schlucke das Gebräu herunter und nicke.

»Ist gut«, sage ich betont gleichgültig.

»Ich hole meine Jacke. Ihr wisst ja, wie es läuft.« Er will sich umdrehen, aber ich halte ihn zurück.

»Moment!«, rufe ich, lege eine Hand auf seine Schulter und weiß selbst nicht, was ich damit bezwecke. Wir zucken gleichzeitig zusammen und ich ziehe meine Hand schnell zurück. Wir sehen uns eine gefühlte Ewigkeit an und es scheint, als ob erst die Tür, die hinter der Frau mit den Mädchen zufällt, uns in die Realität zurückbringt. Ich weiche einen Schritt zurück.

Hanna klatscht in die Hände. »Feierabend!«, frohlockt sie und fügt hinzu: »Stört es euch, wenn ich mich jetzt vom Acker mache?«

»Aber Nils kommt doch noch wegen der Deko vorbei«, sagt Philip schnell. »Und ich kann nicht dabei sein.«

Hanna verzieht das Gesicht. »Julian hat einen Abend für uns geplant.« Sie schmunzelt. »Mieke kriegt das bestimmt auch ganz gut allein hin.«

Er sieht mich an. »Also meinetwegen. Dieses Jahr gehört die Planung der Weihnachtsdekoration dir und Nils.«

Ich kann es nicht leugnen: Ich bin nervös. Ich tigere durch das Geschäft und sehe im Sekundentakt auf die Uhr. Nils hat schon drei Minuten Verspätung. Ich bleibe vor einem der Spiegel stehen. Meine Haare hängen unmotiviert bis fast auf meine Schultern herunter. Aber mein restlicher Anblick stimmt mich zufrieden. Meine geröteten Wangen lassen mich zur Abwechslung einmal nicht peinlich aussehen, sondern so, als ob ich den perfekten Rouge-Ton für meine helle Haut gefunden hätte. Meine Augen strahlen in einem tiefen Blauton, und ich danke meiner Mutter im Stillen dafür, dass sie mir ihre großen Augen vererbt hat, die laut Hanna und Alina der Hingucker in meinem Gesicht sind. Der rosafarbene Rollkragenpullover schmeichelt meiner Figur und passt zu dem neuen Nagellack, den ich heute das erste Mal teste.

Ein Klopfen reißt mich aus meinen Gedanken. Es ist schon finster draußen und in seiner dunklen Kleidung sieht Nils für einen Moment bedrohlich aus. Aber sein freundliches Gesicht macht das wett.

»Es ist offen!«, rufe ich und fast in demselben Augenblick ertönt der Gong, der mich daran erinnert, dass Philip im Endeffekt immer die letzte Entscheidung trifft und mein Chef ist. Mehr nicht.

»Ich hasse diesen Gong!«, sage ich und Nils steht die Verblüffung ins Gesicht geschrieben, weil er diesen Ton noch nicht von mir kennt.

»Keinen guten Tag gehabt?« Er zieht sich die Mütze vom Kopf. Sein Haar ist deutlich kürzer und ich frage mich, ob er bei Alina und Britta im Salon war, ohne dass die wussten, dass er es ist. Mein Schwimmbad-Mann.

»Jetzt wird er gut.« Ich lächele. »Lass uns ins Büro gehen«, sage ich und füge auf dem Weg dorthin hinzu: »Darf ich fragen, wer dir die Haare geschnitten hat?«

Er lacht schallend. »Sieht es so schlimm aus?«

»Nein, überhaupt nicht, aber zwei Freundinnen von mir haben einen Salon und vielleicht warst du bei ihnen.«

»Ich habe den erstbesten genommen. Ich bin ja neu hier.« Er überlegt kurz. »Den am Bahnhof.«

Ich schüttle den Kopf vorsichtig, damit sich meine langen Ohrringe, die mit Schneeflocken verziert sind, nicht in meinem Kragen verfangen. »Da warst du im falschen Salon. Ich muss dich unbedingt mit Alina und Britta bekannt machen.«

»Gerne würde ich deine Freundinnen kennenlernen.« Er grinst. »Hanna kenne ich ja schon.«

Ich lache. »Ja, Hanna vergisst man nicht so schnell.«

Ich würde ihn gerne fragen, ob er Philips Flamme auch kennt, aber ich will nicht, dass er denkt, ich will wieder nur über Philip reden.

»Was macht dein Zeh? Du humpelst ja gar nicht mehr.«

»Ich habe ihn gut verpackt. Ich glaube, er wird in den kommenden Tagen die komplette Farbpalette durchlaufen. Aber die Schmerzen sind auszuhalten, besonders in diesen bequemen Tretern.« Ich deute auf meine ausgelatschten Winterschuhe.

»Gut.« Er folgt mir in den Raum und ich bitte ihn, Platz zu nehmen. »Willst du einen Kaffee oder Tee?«

Er winkt ab. »Wie wäre es mit einem Glühwein? Wenn wir den Entwurf und den Kostenvoranschlag rasch durchgehen, könntest du mir euren Weihnachtsmarkt zeigen. Was meinst du?« Bilde ich mir es nur ein oder schwingt da ein Hauch Aufregung in seiner sonst so ruhigen Stimme mit?

»Ich bin dabei.« In meinem Bauch kribbelt es und das nicht nur wegen Nils. Ich liebe unseren *Striezelmarkt*, da kommt Weihnachtsfreude auf und die kann ich gerade gut gebrauchen.

Ich setze mich zu Nils auf das Sofa. Erst jetzt bemerke ich, dass er eine Tasche dabeihat und einen Ordner hervorzieht, der, als er ihn aufschlägt, über den Beinen von uns beiden liegt.

»Machst du eigentlich sonst nichts außer Schaufenster dekorieren?«, frage ich, um das Kribbeln in meinem Bauch einzudämmen.

Er schüttelt den Kopf. »Ich bin Gestalter für visuelles Marketing und das hier ist nur einer von vielen Aufgabenbereichen. Ich liebe den Job, ich bin gerne kreativ.«

Ich seufze. »Das vermisse ich manchmal in meinem Job. Hier ist nur wenig Raum für Kreativität. Aber wenn ein Kunde es wagt, eine auffälligere Brille zu tragen, weil ich ihn davon überzeugt habe, ist das für mich auch irgendwie Ausdruck meiner Kreativität.« Ich seufze erneut. »Ich brauche leider keine Brille. Eine Zeit lang habe ich eine mit Fensterglas getragen, weil ich mir so fehl am Platz vorkam. Aber da kam ich mir auch falsch vor.« Ich lege die Hände auf den Teil des Ordners auf meinen Beinen. »Tragen nicht alle Optiker Brillen?«, fragt er lächelnd.

»Nein, offensichtlich nicht.« Er legt eine Hand auf meine und augenblicklich setzt wieder dieses Kribbeln ein. Seine Haut ist angenehm weich und warm. »Mich überzeugst du auch ohne Brille. Und eigentlich ist es doch auch gut, wenn du keine brauchst.« Er beugt sich zu mir herunter und unsere Lippen werden von einer rätselhaften Anziehungskraft gepackt. Kurz bevor sie sich berühren, weiche ich zurück, weil ich an Alina und das blöde Versprechen, das ich ihr gegeben habe, denken muss. Das hier ist nicht richtig, es ist die Ersatzmarke, von der Alina gesprochen hat. Oder etwa nicht? Ich hätte Nils gerne geküsst. Aber ist das hier das Große, auf das ich laut Alina warten soll, damit ich nicht wieder enttäuscht werde?

Nils räuspert sich und rückt ein Stück von mir ab. »Entschuldige, ich …«

Ich drücke seine Hand. »Schon gut.« Blut schießt in mein Gesicht. »Es ist einfach nicht der Moment.« Ich bringe ein schiefes Lächeln zustande. »Tut mir leid.«

Nils mustert mein Gesicht und verweilt schließlich mit seinem Blick in meinem. »Das heißt, du wirfst mich jetzt nicht raus?« Ein freches Blitzen flammt in seinen Augen auf und ich spüre, dass er mir nicht böse ist.

»Noch nicht. Jetzt arbeiten wir. Danach werfe ich uns beide raus und katapultiere uns geradewegs auf den Weihnachtsmarkt.«

Nils ist ein Genie. Noch auf dem Weg zum Weihnachtsmarkt klopft mein Herz wild vor Vorfreude. Oder klopft es wegen ihm so? Darüber will ich jetzt nicht nachdenken, lieber male ich mir weiter die beleuchtete Märchenlandschaft aus, die er aus unseren beiden Schaufenstern machen wird. Ich habe Philip eine Nachricht mit den Kosten geschickt, aber da er bis jetzt noch nicht geantwortet hat, habe ich einfach unterschrieben. Immerhin bin ich in dieser Angelegenheit seine Stellvertreterin. Ich kneife die Augen zusammen und schicke Philip in Gedanken zum Mond.

»Ich dachte, wir wollten auf den Weihnachtsmarkt?«, fragt Nils verwirrt, als wir von der Haltestelle aus auf die vom Altmarkt gegenüberliegende Seite gehen.

»Es gibt noch einen, der zwar um einiges kleiner ist, dafür aber megaschön und gemütlich.« Ich knuffe ihn in die Seite und als er lacht, bin ich dankbar über den lockeren Umgang, den wir miteinander haben. Nils ist einfach unkompliziert. »Du bist übrigens goldrichtig in deinem Job. Ich kann nicht aufhören, an deinen Plan zu denken.«

Anstatt mir zu antworten, bleibt Nils abrupt stehen und deutet auf das Lichtermeer, das über unseren Köpfen die ganze Gasse beleuchtet. »Wow!«

Ich nehme seine Hand und ziehe ihn weiter. »Na, dann los.« Mit jedem Schritt riecht es mehr nach gebrannten Mandeln, Glühwein, Zimt und den ganzen Leckereien, mit denen Nils und ich uns gleich den Bauch vollschlagen werden. Aus allen Ecken erklingt Weihnachtsmusik. Wir halten uns immer noch an den Händen und ich fühle nicht nur aufgrund der Heizstrahler um uns herum eine angenehme Wärme in mir. Ich atme tief ein und frage mich gleichzeitig, wann ich das letzte Mal so glücklich war.

»Du hast einen guten Zeitpunkt erwischt, um hierherzukommen«, sage ich und lasse den Blick in Richtung Frauenkirche und die dekorierten Buden schweifen.

»Ja, die Weihnachtszeit ist etwas ganz Besonderes.« Nils deutet auf vier kleine rosa Engel, die einen Kreis bilden, in dessen Mitte eine Kerze steht. »Die würde sich gut in deinem Wohnzimmer machen. Darf ich sie dir schenken?«

Ich sehe ihm in die Augen und die Menschen um mich herum verschwimmen zu einer unwichtigen Masse. »Du musst mir nichts schenken.« Wenn ich ihn küssen wollte, müsste ich mich ganz leicht auf die Zehenspitzen stellen. Der Gedanke gefällt mir. Noch einmal werde ich ihn nicht abweisen.

»Aber ich würde gern. Warte hier.« Er lässt meine Hand los und begibt sich zum Verkäufer, der mich mit seinem weißen Bart an den Nikolaus erinnert. Ich lege den Kopf in den Nacken. Der dunkle Himmel bildet einen schönen Kontrast zu den vielen Lichtern hier und wie immer gibt mir seine Weite das Gefühl, dass alles seinen Platz findet.

»Suchst du etwas?« Ich fahre zusammen.

Philip hat seine Mütze tief in die Stirn gezogen und die Spitze seines Kinns steckt im Schal, so dass ich nicht allzu viel von ihm sehe. Aber seine Augen sind einzigartig. So wie seine Begleitung, die an seiner Seite klebt. Es kommt mir erneut vor, als ob ich sie schon einmal gesehen hätte. Ich überlege. Zu unserer Kundschaft gehört sie nicht. Vielleicht irre ich mich auch oder ich habe sie hier in der Stadt mal im Vorbeigehen wahrgenommen, was bei ihrem auffälligen Auftreten nicht verwundern würde. Mit der schwarzen Mütze mit den Glitzerfäden und dem ebenfalls schwarzen Mantel sieht sie dieses Mal noch mehr aus wie eine Hexe, umso mehr, als sie ihren Haaren einen wilden Beach Look verpasst hat, der sie – ich muss es zugeben – unverschämt gut aussehen lässt. Aber ihre Schönheit täuscht nicht über den spöttischen Zug in ihrer Miene hinweg. Das Lächeln auf ihren vollen, wieder knallroten Lippen versetzt mir einen Stich. Sie war also der Grund dafür, dass er so dringend wegmusste. Hastig blicke ich mich nach Nils um, aber der ist in ein Gespräch mit dem Verkäufer vertieft.

»Äh, nein … ich wollte mir nur den Himmel anschauen.« Die mir nur zu gut bekannte Hitze steigt in mein Gesicht.

Philips Hexe rümpft die bestimmt operierte Nase. »Also ich sehe nur schwarz.« Sie kichert und hält sich für unglaublich komisch. Ich sehe Philip an. Er lacht nicht, und es ist, als ob sich unsere Blicke ineinander verlieren und verschmelzen.

Ich löse mich von diesem seltsamen Moment, als ich Nils neben mir bemerke und höre, wie Philip ihn begrüßt. Ein kurzer

Blick auf Philips Freundin verrät mir, dass ihre Überheblichkeit gerade einen Dämpfer bekommen hat.

Nils lächelt und legt einen Arm um mich. »Wir dachten, dass du uns wegen etwas wirklich Wichtigem hast sitzen lassen.«

Ich blicke zu Nils hoch. Seine Wangen sind von der Kälte leicht gerötet und seine Augen strahlen, man merkt ihm kaum an, dass er Philip gerade einen Seitenhieb verpasst hat. Ich frage mich, ob die beiden sich überhaupt mögen. Irgendwie herrscht eine Schwere zwischen ihnen. Aber warum würde Philip Nils engagieren, wenn er ihn nicht ausstehen könnte? Der sieht im Vergleich zu Philip so viel zufriedener aus, so ganz im Gleichgewicht mit sich selbst. In der anderen Hand hält er die Tüte mit meinem Geschenk und mein Herz klopft aufgeregt in meiner Brust.

»Du hast uns noch gar nicht miteinander bekannt gemacht«, sagt Nils und deutet mit einem Nicken auf die Hexe, die mich anstarrt, als ob ich die Person gewordene Pest wäre.

»Das ist Victoria.« Sie schmiegt sich noch enger an Philip und sieht etwas freundlicher aus. Er wendet sich ihr zu. »Das ist Nils, ein Bekannter von mir, und das ist Mieke.« Er zögert.

»Seine Angestellte«, sage ich und sehe Philip kampflustig in die Augen. Nils verleiht mir eine nie gekannte Stärke. Ich muss Philip nicht hinterherlaufen.

»Freut mich.« Wie schon im Laden stelle ich fest, dass Hexen-Victoria eine kratzige, verrauchte Stimme hat, die Männer wahrscheinlich anziehend finden.

»Wir wollen dann auch weiter, oder, Phil?« Sie fasst an sein Kinn und dreht ihn mit ihren manikürten Krallen zu sich, um ihm einen Kuss zu geben. Philip wirkt wie erstarrt, findet dann aber seine Sprache wieder.

»Wir könnten auch zusammen einen Glühwein trinken? Dann könntet ihr mir von euren Dekorationsplänen erzählen?«

Nils öffnet den Mund, um etwas zu sagen, aber ich komme ihm zuvor. »Ich finde, das wäre etwas unpassend außerhalb der Arbeitszeit.« Ich nehme Nils an der Hand. »Einen schönen Abend noch. Phil.«

Ohne eine Antwort abzuwarten, ziehe ich Nils mit durch die Menschen.

»Was war das denn?« Nils drosselt mein Tempo und ich sehe mich hektisch um. Was soll ich sagen? Ich will Nils nicht schon wieder mit Philip in den Ohren liegen. Nils sieht enttäuscht aus, und ich befürchte, er hält mich gerade für armselig.

Mit einem Seufzer bleibe ich stehen. Ich muss wohl oder übel etwas zu meinem dämlichen Verhalten sagen.

»Ich habe dir ja schon gesagt, dass Philip und ich uns in letzter Zeit nicht mehr so ganz verstehen.«

»Ja, du hast gesagt, er hat eure Freundschaft beendet.« Bei dem Wort Freundschaft malt er Häkchen in die Luft.

Ich nicke. »Wie kann man sich so in einem Menschen täuschen?«

Nils sieht mich ruhig an. »Philip ist nicht besonders umgänglich. Aber das ist wohl auch kein Wunder, wenn man seine Geschichte kennt.«

Ich lege den Kopf schief. »Ich kenne seine Geschichte nicht«, murmele ich und wundere mich, dass Nils mich überhaupt verstanden hat, denn die Musik ist laut und ich komme mir gerade ganz heiser vor. »Was ist denn passiert?«

»Das wird er dir bestimmt einmal selbst erzählen. Ich denke nicht, dass ich das für ihn übernehmen sollte.« Er schafft es,

Geduld in seine Stimme und seinen Blick zu legen, das Verletzliche ist aus seinen Augen gewichen.

»Ich denke nicht, dass er mir jemals davon erzählen wird, denn ich bin nur seine Angestellte – nicht mehr und nicht weniger«, zitiere ich schmollend Philips Worte.

»Dir liegt wirklich viel an ihm«, bemerkt Nils und legt seinen Arm dabei um meine Schulter. »Möchtest du lieber gehen?«

Ich schlucke schwer. »Auf keinen Fall. Ich lasse mir doch von Philip nicht den Abend vermiesen.«

»Seine Freundin erinnert mich an eine Hexe.«

»Ach ja? Ich versteh gar nicht warum.« Wir lachen.

»Du bist viel hübscher.« Nils nimmt meine Hand und lässt den Griff der Tüte hineingleiten. Er lässt meine Hand dabei nicht los und wir tragen die Tüte zusammen. »Schön, dass du bleiben willst. Ich möchte mir gerne noch den Rest mit dir anschauen.«

Und dann erleben wir diese kleinen Momente, die einen für immer mit einem anderen Menschen verbinden. Nils, wie er mir mit dem Glühwein zuprostet. Ich, wie ich von seiner Waffel abbeiße und mir ein dicker Klecks Sahne auf den Mantel tropft. Wir beide und in der Mitte ein angetrunkener Weihnachtsmann. Ein Selfie von Nils und mir vor der beleuchteten Frauenkirche. Wir, wie wir lachend zwischen zwei Marktständen hindurchhuschen und uns eng nebeneinander auf eine Mauer setzen, die Frauenkirche vor und die Sterne über uns. Ich, wie ich mich verliebe. Und zum Abschluss ein Kuss zum Dahinschmelzen.

8

Hanna nimmt mich in die Arme und drückt mich fest an sich. »Ihr habt euch geküsst.« Ihr Schal riecht nach Vanille und ich schließe meine Augen für einen Moment. Ich habe die halbe Nacht wach gelegen und über mich und Nils nachgedacht. Ich bin zum Schluss gekommen, dass es passt. Seine Kurznachricht heute Morgen, in der er mir einen schönen Tag gewünscht und mir ein Herz geschickt hat, hat mich noch einmal in meiner Entscheidung bestätigt.

»Ist er über Nacht geblieben?«

»Das wüsstest du wohl gerne.« Ich löse mich aus ihrer Umarmung und ziehe ihr die Mütze über die Augen.

»Hey! Meine Schminke!« Sie nimmt die Mütze ab und lacht. »Du hast dich doch wohl nicht in aller Herrgottsfrühe auf einen Spaziergang mit mir verabredet, um dann den Geheimniskrämer zu spielen. Dann hätten wir uns auch erst im Laden treffen können und ich hätte mir meinen Hintern nicht hier abfrieren müssen.«

»Mehr habe ich aber leider nicht zu erzählen. Er hat mich ganz unspektakulär zu Hause abgesetzt und ist dann zu sich gegangen.«

»Wo wohnt er überhaupt?«

»Keine Ahnung. Irgendwo hier in der Nähe.«

»Es gibt wohl noch so manches, was du über ihn rausfinden musst.« Sie grinst, hakt sich bei mir ein und wir laufen an der Elbe entlang zum Laden.

»Mich beschäftigt aber noch etwas.«

»Ich bin ganz Ohr.«

»Hast du auch das Gefühl, Philips Hexenfreundin zu kennen?«

»Nö, wieso?« Sie kichert. »Höchstens aus irgendeinem Horrorfilm.« Sie wird wieder ernst. »Kennst du sie etwa?«

»Ich habe sie jedenfalls schon mal irgendwo gesehen.«

»Ich nicht. Ich erinnere mich kaum an sie. Wir hatten schließlich nur eine Sekunde das Vergnügen, bevor sie sich Philip an den Hals geschmissen hat und verschwunden ist.«

»Dann irre ich mich wohl.« Ich habe mir vorgenommen, Philip ganz sachlich gegenüberzutreten, er macht es ja nicht anders mit mir. Aus diesem Grund erzähle ich Hanna vorerst nichts von unserem Treffen auf dem Weihnachtsmarkt. Ich liebe Hanna, aber Diskretion ist nicht ihre Stärke.

Ich ziehe die Schultern nach hinten und strecke die Brust raus. Mit dieser Körperhaltung werde ich Philip entgegentreten. Soll er doch seine Hexe küssen, mich interessiert das nicht. Die Weihnachtsbeleuchtung in den Straßen bestärkt mein gutes Gefühl. Ich muss mich nicht anbiedern, um Freunde zu finden. Ich brauche Philip nicht, ich habe Nils.

»Ich habe Julian gesagt, dass du einen Tag vor Weihnachten Geburtstag hast, und er ist auch der Meinung, dass wir dieses Jahr am richtigen Tag feiern sollten und nicht erst später. Er und du, ihr seid doch auch meine Familie. Zu meinen Eltern werden Julian und ich erst am zweiten Weihnachtstag fahren. Bis dahin dürfen sie sich voll auf mein Brüderchen konzentrieren. Habe ich dir gesagt, dass er Vater wird? Seine Freundin ist schon im vierten Monat. Und ich werde Patentante.« Hanna strahlt mich an, während die Worte aus ihr heraussprudeln. In diesem Moment bin ich so glücklich, dass ich die ganze Welt umarmen könnte. Wie einfach und schön doch alles ist, wenn ich nicht mehr über Philip nachdenke. Ich seufze. Und schon wieder habe ich an ihn gedacht.

»Was ist das denn?« Hanna bleibt stehen und ich tue es ihr automatisch gleich.

Ich hatte gar nicht mitbekommen, dass wir schon beim Geschäft angekommen sind. Jetzt nehme auch ich den Zettel wahr, der an der Tür klebt und der unserem Laden im Zusammenspiel mit den geschlossenen Rollläden etwas Trostloses verleiht. Dunkelheit inmitten der bezaubernden Lichter, die uns umgeben. Buchstaben, die mir zu riesengroßen Fragezeichen werden.

Ich bemühe mich, Philips Schrift zu entziffern, die noch krakliger aussieht als sonst, und taste nach Hannas Arm. Ich wiederhole die Worte innerlich, aber dann muss ich sie aussprechen, um zu verstehen, warum Hanna und ich heute offensichtlich frei haben.

»Wegen Todesfall geschlossen«, lese ich noch einmal laut, als ob das etwas daran ändern könnte, dass alles in mir danach schreit, für Philip da sein zu wollen.

Alina küsst mich auf die Wange, aber ich bekomme ihre Begrüßung nur am Rande mit, weil meine Ratlosigkeit mich ganz in Beschlag nimmt.

»Kommt rein, ihr zwei Hübschen.« Sie nimmt mir meinen Mantel ab und ich komme mir vor wie eine Puppe, die kein Eigenleben hat. Ich lasse Lili von der Leine, die sogleich durch den engen Flur trottet, der geradewegs in die Küche führt, dem Herzstück der Altbauwohnung, in dem die Hobby-Köchinnen Alina und Britta schon so manche Köstlichkeit für uns zubereitet haben.

»Britta ist im Salon«, erklärt Alina und schneidet ein dickes Stück Kirschkuchen für mich ab. »Ich hoffe, sie stresst sich nicht zu sehr. Und du hast heute frei?«

Ich beschließe, nicht zu schweigen, auch wenn es dann wieder heißt, dass ich immer nur über Philip sprechen will.

»Philip ist verschwunden.«

Alina zieht die Augenbrauen hoch. »Wie, verschwunden? Was ist denn passiert?«

Ich berichte ihr von den letzten Geschehnissen.

»Hanna sieht das lockerer und ist zu Julian abgerauscht, aber ich frage mich, wer gestorben ist und wo Philip ist.« Ich verziehe das Gesicht. »Hätte er uns nicht anders Bescheid geben müssen? Ist das nicht wieder so typisch, dass er heimlich abhaut und den Laden dichtmacht, obwohl Hanna und ich allein zurechtkommen?«

»Er muss sehr durcheinander gewesen sein. Der Tod von wem auch immer muss ihn sehr mitnehmen. Hast du versucht, ihn zu erreichen?«

»Natürlich. Meine Nachrichten ignoriert er so konsequent wie immer und ans Telefon geht er nicht ran.«

Alina legt die Stirn in Falten. »Ich kenne ihn ja kaum, aber ich muss schon sagen, dass er es mir schwer macht, ihn zu mögen.«

Ich nicke. »Er schließt mich aus seinem Leben aus. Und ich dachte, wir sind Freunde. Wie blöd war ich, dass ich nie bemerkt habe, dass er kein netter Mensch ist?«

»Oder kein glücklicher Mensch.«

»Oder das«, murmele ich. »Lass uns das Thema wechseln. Das Ganze macht mich schon verrückt genug. Denkst du, Hanna und ich hätten den Laden aufmachen sollen?«

Alina schüttelt den Kopf. »Wenn Philip das gewollt hätte, hätte er euch informiert.«

»Stimmt auch wieder.« Ich setze mich hin und lege die Hände auf die kühle Glasplatte des Tisches. Meine Haut ist trocken und spannt. »Lass uns das Ganze vergessen.«

»Wie du meinst.« Alinas Ton drückt das Gegenteil von dem aus, was sie sagt, und auch ich weiß, dass ich mir mit der Behauptung, Philip wäre mir egal, etwas vormache. Das ist mir spätestens seit diesem blöden Zettel an der Tür klar.

»Soll ich uns einen Kaffee machen?«

»Geht auch heiße Schokolade?« Ich spüre, wie mir die Tränen in die Augen steigen. Ich senke den Blick und mustere meine Hände erneut.

Alina öffnet einen Schrank und wirft mir eine Tube Creme zu. »Hier. Damit ist deine Haut gleich weich wie ein Baby-Popo.« Sie lächelt. »Nach dem, was du mir vorhin ins Telefon gesäuselt hast, scheinst du ja heute Abend wieder Händchen zu halten.«

Ich blicke zum Fenster hinaus. Der Himmel sieht genauso grau und trostlos aus, wie ich mich gerade fühle. »Es läuft gut mit Nils. Wir gehen nachher schwimmen und dann essen.«

Alina stellt zwei Teller mit Kuchen auf den Tisch und macht sich daran, Milch zu erwärmen. Sie will jedes Detail meiner Momente mit Nils hören und fragt ständig nach. Als ich meine Schilderung beendet habe, reibe ich meinen Bauch und werfe Lili, die unter dem Tisch vergeblich darauf gehofft hat, dass ich kleckere, einen entschuldigenden Blick zu.

»In mich passt kein Krümel mehr rein. Dein Kirschkuchen ist klasse.«

Alina streicht mit Daumen und Zeigefinger über ihr Kinn. »Ich freue mich für dich.«

»Warum? Ich mag regelmäßig vergessen, einzukaufen, aber das man mir das mittlerweile ansieht und sich freut, wenn ich satt bin, ist mir neu.«

»Es ist gut, dass Nils da ist«, sagt Alina und ignoriert meinen flachen Witz.

»Aber?« Ich rühre mit dem Löffel in meiner leeren Tasse herum.

Sie sieht mich nachdenklich an und ich nicke überdeutlich. »Es geht dir zu schnell. Du findest, ich sollte das mit Eric noch verarbeiten. Du hast nicht das Gefühl, dass Nils der Richtige ist, weil ich dir nicht genug ausflippe vor Glück. Mindestens einen dieser Gedanken hast du gerade, habe ich recht?« Ich bücke mich und kraule Lilis Nacken, der schön warm ist.

Alina bindet ihre Locken zusammen und sieht mich mit ihren schokoladenbraunen Augen wortlos an.

»Den Blick hat Lili auch drauf und trotzdem hat sie keinen Kuchen bekommen«, scherze ich. »Komm schon, Alina. Du hast doch selbst gesagt, dass es eine Liebesgeschichte wird. Da hast du sie.«

»Denkst du an dein Versprechen?« Sie faltet ihre Hände ineinander. Für einen Moment ist nur das Ticken der Uhr an der Wand neben mir zu hören.

»Natürlich, ich habe dir versprochen, dass ich mich nur noch auf jemanden einlasse, wenn es sich wirklich richtig anfühlt – und das tut es!«, versichere ich und versuche, das mulmige Gefühl, das sich in meinem Bauch breitmacht, auf den Kuchen zu schieben.

»Und doch hast du Nils' ersten Versuch, dich zu küssen, abgeblockt.«

»Na und?«, rufe ich. »Da hat es halt noch nicht gepasst. Aber danach dann schon.«

»Du meinst, nachdem ihr Philip und seine Freundin getroffen habt«, stellt sie nüchtern fest.

»Das hatte damit nichts zu tun.« Ich hebe den Ton. »Hanna und du nerven mich so langsam echt mit Philip.«

»Oder du dich selbst«, sagt Alina sanft, und ich bekomme ein schlechtes Gewissen, weil ich sie so angefahren habe.

»Ich gebe zu, dass die Sache mit dem Todesfall mich beschäftigt und dass ich mir Sorgen mache«, betone ich. »Aber das heißt nicht gleich, dass ich was von Philip will. Ich mag Nils. Es ist schön mit ihm.«

»Na dann ist ja gut«, meint Alina und schiebt ihren Stuhl nach hinten.

Ich sehe sie überrascht an.

»Ja, ich lasse dich so einfach davonkommen.« In ihren Augen funkelt ein freches Blitzen. »Weil ich jetzt in den Salon muss. Das ist der einzige Grund.«

»Wollen wir wirklich noch essen gehen oder bist du zu müde?«

Nils starrt mich auf eine für ihn ungewohnt ernste Weise an, und ich bin mir nicht sicher, ob er übertrieben besorgt um mich ist oder ob er ahnt, dass ich jetzt lügen werde.

»Es war ein ruhiger Tag«, sage ich lapidar und stelle an meinem Herzklopfen fest, dass in mir keine Spur von Harmonie herrscht. »Ich bin einfach ein bisschen neben der Spur.«

Ich glaube für einen Moment, wieder diesen mitleidigen Zug in seiner Miene zu sehen, und meine Schuldgefühle pochen noch heftiger in meiner Brust. Ich wüsste gern, wie gut Philip und er befreundet sind. Möglicherweise weiß er, was passiert ist und wo Philip ist. Auf der anderen Seite würde er ja doch nur wieder eine Andeutung machen und erklären, ich solle Philip selber fragen.

»Deine Haare sind noch feucht«, sagt Nils und legt seine Hand auf meinen Hinterkopf. Ich drehe mich aus seiner Berührung und ziehe mir eine Mütze über den Kopf.

»Das geht schon. Ich erkälte mich nicht so schnell.«

»Und wenn doch, werde ich mich um dich kümmern«, flüstert er mir ins Ohr und ein Schauer läuft über meinen Körper. Er küsst meinen Hals und dann finden sich unsere Lippen. Nils zu küssen, ist wie Urlaub. Für einen Moment gibt es nichts Wichtigeres und ich bereue, ihm vorhin nicht gesagt zu haben, dass jemand gestorben, Philip verschwunden ist und ich mir Sorgen mache.

Erleichtert stelle ich fest, dass er wieder entspannter aussieht. Ich nehme seine Hand und wir verlassen das Schwimmbad. Die wohlige Wärme, die das Wasser in mir hinterlassen hat, bekommt eine Abkühlung und auch mein Herzklopfen beruhigt sich nur langsam. Ich steige in Nils' Auto und drehe am Radio, bis ich ein Weihnachtslied gefunden habe. Lauthals singen wir beide mit, unterbrechen unseren Gesang aber an jeder roten Ampel, um uns zu küssen.

Wir entscheiden uns spontan gegen ein Restaurant und gehen dafür auf den *Striezelmarkt*. Der Altmarkt platzt vor Menschen, die plaudern, herumstöbern, lachen, essen und trinken, was für einen Samstagabend nicht überraschend ist.

Während wir im Schwimmbad waren, hat es angefangen zu schneien. Der erste Schnee in diesem Winter. Die Stadt ist in weiß gekleidet, alles glitzert und schimmert. In den Gassen und auf den Dächern der Buden liegt Schnee. Es ist Winter, die schönste Zeit des Jahres! Die Menschen sind fröhlich und freundlich, alle haben ein Lächeln auf den Lippen.

Nils und ich haben uns gerade in eine etwas ruhigere Ecke in der Nähe des großen Weihnachtsbaumes zurückgezogen und füttern uns gegenseitig mit Eierkuchen, als eine ältere zierliche Frau mit einem Paket vor uns stehen bleibt. Ihre graublonden Haare vermischen sich mit dem Kunstpelzkragen ihres Ponchos, in dem sie mit ihrer feingliedrigen Statur fast versinkt.

»Ich glaube, das hier ist für sie«, sagt sie und sieht mich mit wässrig-blauen, von freundlichen Fältchen umgebenden Augen an. Sie streckt ihre Arme aus und hält mir das Paket hin.

»Äh, ich glaube, Sie irren sich.« Ich werfe Nils einen Blick zu, doch er zuckt nur mit den Schultern.

»Wir haben nichts bestellt«, sagt er und schmunzelt.

Die Frau sieht mir mit einem zarten Lächeln in die Augen.

»Das, was sich in diesem Karton befindet, ist nur halb. Die andere Hälfte werden Sie bei demjenigen finden, der Sie aus vollem Herzen liebt und ihr Leben für Sie geben würde.«

Ich lache laut. »Da haben Sie mit mir aber wirklich die Falsche erwischt. Seien Sie mir nicht böse, aber von so einem Kram halte ich nichts.« Ich deute auf Nils. »Außerdem bin ich nicht auf der Suche, wie Sie sehen. Geben Sie ihr Dings also lieber jemandem, der einsam hier herumsteht und in der Stimmung für Kitsch ist.«

Sie hält mir das Paket immer noch hin. »Wenn Sie so sicher sind, dass ich spinne, können Sie mein Geschenk ja annehmen. Was haben Sie schon zu verlieren?«

»Da hat sie recht«, sagt Nils. »Wer weiß, vielleicht habe ich ja die zweite Hälfte von was auch immer.« Er zwinkert mir zu.

Kurz überlege ich, ob Hanna und Alina sich einen Scherz erlauben.

»Halt mal.« Ich gebe Nils den Rest meines Pfannkuchens und reibe meine kalten Hände. »Dann zeigen Sie mal her.«

»Danke«, sagt die Frau und reicht mir das Paket, das sich leicht anfühlt. Ich hätte angesichts der absurden Situation beinahe ein weiteres Mal losgelacht, doch da wird mir mulmig.

»Moment mal!«, rufe ich und die geheimnisvolle Frau, die sich gerade abwenden wollte, hält inne.

»Ich möchte es in Ihrer Gegenwart aufmachen. Nicht, dass Drogen drin sind oder eine Bombe.« Eigentlich wollte ich mit meiner Bemerkung witzig sein, aber es könnte immerhin wirklich ein gefährliches Geschenk sein und so füge ich schnell hinzu: »Wenn Sie nicht bleiben, können Sie ihr Paket auch gleich wieder mitnehmen.«

Nils lacht. »Du bist ja knallhart. Es ist Weihnachten. Bestimmt ist es etwas Schönes.«

»Es ist die Liebe«, sagt die Frau ernst und ich kichere nun doch.

»Was auch immer Sie genommen haben, ich möchte es auch haben.« Ich halte ihr das Paket hin. »Öffnen Sie es für mich.«

Sie nickt. »Lassen Sie uns zu der Mauer da hinten gehen. Ich werde Ihnen beweisen, dass es ein gutes Geschenk ist.«

Wir gehen ein paar Schritte, wobei sie uns voraus schlurft.

»Die spinnt doch«, wispere ich Nils zu und beobachte, wie sich die weißen Atemwölkchen in der Dunkelheit auflösen. »Ich weiß gar nicht, warum ich den Quatsch mitmache.«

»Mach ihr die Freude. Es scheint ihr wichtig zu sein.« Er küsst mich und schiebt mir ein weiteres Stück vom Eierkuchen in den Mund. Ich werde nachdenklich. Ist Nils so naiv oder bin ich zu misstrauisch? Vor meinem inneren Auge erscheint Philip. Er hätte die Alte schon längst zum Teufel gejagt. Wenn er jetzt hier wäre. Ich schlucke schwer.

»Sehen Sie.« Die Frau winkt mich heran. Sie hält ein etwa handgroßes halbes Herz aus Salzkristall in der Hand, an dem ein Kabel befestigt ist. Bei näherem Betrachten erkenne ich, dass es eine Lampe ist, die – das muss ich zugeben – sich gut in meinem Zuhause machen würde.

»Sie ist eben nur halb. Die andere Hälfte hat …«

Ich nehme ihr die Lampe aus der Hand und stecke sie wieder in den Karton. »Ja, ja, ich weiß schon, meine wahre Liebe …«

Ich schäme mich für mein unhöfliches Verhalten, aber so langsam nervt die Frau mit ihrem Geschwafel über Liebe.

»Aber sie ist unvollständig«, schaltet Nils sich nun ein.

»Eben. Das macht sie spezieller.«

Ich wende mich der Alten zu und drücke das Paket dabei an mich. »Ich danke Ihnen. Ich werde zwar sicher nicht nach der zweiten Hälfte suchen, aber vergessen werde ich Ihren Auftritt so schnell nicht.« Ich lache, füge aber schnell hinzu, weil ich sie nicht verletzen und vor allem wieder mit Nils allein sein will: »Frohe Weihnachten.«

»Sie müssen gar nicht suchen. Die zweite Hälfte wird Sie finden.« Sie lächelt mich an und es wundert mich, dass sie mir meine spöttischen Bemerkungen verzeiht. »Ihnen auch frohe Weihnachten«, fügt sie hinzu und mustert mich.

Ich will etwas erwidern, aber ihr eindringlicher Blick bringt mich zum Schweigen. Ich finde meine Sprache und die Erinnerung an Nils erst wieder, als sie in der Menschenmenge verschwunden ist.

»Was war das denn gerade?« Ich lache etwas unsicher.

»Keine Ahnung. Aber die Lampe sieht toll aus.« Nils nimmt mir das Paket ab und küsst mich. »Und du auch.«

9

Ich schiebe Lilis warmen, pelzigen Körper sanft von mir. »Lili, es ist Sonntag. Ich will schlafen.«

Aber Lili ist unerbittlich, stupst mich mit ihrer Schnauze an und leckt meine Wange. Ich setze mich auf und sehe auf den Wecker. Nicht einmal Viertel vor sechs. Ich stöhne, fahre mir durch die Haare und halte inne, als mein Blick auf meine neue Nachttischlampe fällt. Ich habe also nicht geträumt.

Ich kraule Lili, die sich genüsslich neben mir ausstreckt. Ich streiche mit der anderen Hand über die freie Betthälfte neben mir.

»Das nächste Mal lassen wir Nils nicht gehen«, sage ich und lächle Lili an. »Aber dann bleibst du schön unten und lässt uns allein.« Ich hebe tadelnd einen Zeigefinger. »Treppen sind sowieso nicht gut für dich.« Ich lache und dabei gerät die Lampe erneut in mein Blickfeld.

Ich werde nachdenklich. Was, wenn das Geschenk mit einem Fluch belegt ist und ich ab jetzt Unglück habe? Ich schüttle den Kopf entschieden. Was für ein idiotischer Gedanke!

Ich schwinge meine Beine aus dem Bett und hüpfe unter die Dusche. Ob heute ein guter Tag wird? Nils und ich können uns nicht sehen, weil er zu seiner Mutter fährt und es mir zu früh ist, sie kennenzulernen. Trotzdem müsste ich meinen Eltern langsam mal erzählen, dass es Eric für mich nicht mehr gibt, sondern eben Nils. Ich schließe die Augen und denke mit einem Lächeln an meinen neuen Freund. Ich wasche mir die Haare, putze die Zähne und schlüpfe in meinen Jogginganzug, den ich auch anbehalten werde, wenn Hanna und Julian zum Frühstück aufschlagen. Dann haste ich zum Handy und schalte es ein. Kein Lebenszeichen von Philip. Ich wähle seine Nummer, es ist mir egal, wie spät, oder besser gesagt, früh es ist. Sein Telefon ist ausgeschaltet und ich werfe meins aufs Bett.

»Warum meldest du dich nicht?«, rufe ich viel zu laut und Lili hebt den Kopf. »Und warum interessiert es mich?« Ich schlucke die Tränen herunter, ich werde jetzt nicht heulen. Und doch hasse ich das Gefühl, nichts tun zu können. »Ich möchte für dich da sein«, flüstere ich und ziehe meine Hündin, die nun ungeduldig herumzappelt auf meinen Schoß.

»Schon gut, wir gehen raus.« Ich streiche über meine nassen Haare, beschließe, wenigstens kurz drüber zu föhnen, und tausche den Jogginganzug doch noch gegen Strickpullover und Jeans ein. Ich eile die Treppen hinunter und schnappe mir einen Lebkuchen vom Teller auf dem Glastisch im Wohnzimmer. Mit dem Lebkuchen in der einen und Lili in der anderen Hand verlasse ich das Haus.

Ich entschließe mich, heute nicht wie immer an der Elbwiese mit Lili spazieren zu gehen, sondern schlage instinktiv einen anderen Weg ein. Die Straßen sind feucht vom Schneeregen und Lili schnüffelt an jeden Regenwurm, der auf dem Gehweg liegt. Die Luft ist eisig. Aus einigen Fenstern strömt Licht nach draußen und die meisten sind schon mit Lichterketten, Engeln und Bergmännern geschmückt. Der wolkenverhangene dunkle Himmel passt zu meinem Gemüt.

Als ich einige Zeit später an der Wohnanlage ankomme, in der Philip wohnt, zögere ich. Was erwarte ich eigentlich? Falls er zu Hause ist, ist er kaum schon wach. Und sogar, wenn: Es ist mehr als offensichtlich, dass er gerade Zeit für sich braucht und nichts von mir wissen will. Ich kneife die Augen zusammen. Die Wohngegend ist kaum befahren und von einer angenehmen Ruhe sowie vielen Bäumen umgeben, deren Umrisse in der schwindenden Dunkelheit immer deutlicher werden. Ich bleibe neben einer der wenigen Straßenlaterne stehen und mustere die Wohnungen. Eine davon ist beleuchtet, alle anderen wirken noch ganz unbelebt. Wo ist Philip denn nur? Ich versuche mir vorzustellen, wie Victoria ihn tröstend in den Arm nimmt, aber es will mir nicht gelingen. Irgendwo habe ich mal gelesen, dass man sich energetisch mit anderen verbinden und ihnen Kraft schicken kann. Ich balle meine Hände zu Fäusten und schließe die Augen. Lili bemerkt meine Anspannung und wird unruhig. Sie zieht an der Leine.

»Ich weiß. Ich verliere den Verstand. Philip Energie schicken, so ein Blödsinn. Lass uns heimgehen.«

»Da, eine Kleinigkeit zum ersten Advent für dich!«, frohlockt Hanna und hält mir neben einer Tüte vom Bäcker einen kleinen Adventskranz hin. »Keine Ahnung, ob du schon einen hast, aber Julians Mutter macht die hier selbst. Sind sie nicht süß?« Sie hält mir einen kleinen, mit Glitzerstaub und Engelsfiguren verzierten Kranz hin.

»Danke, der ist wunderschön und passt perfekt zu dem Kerzenhalter mit den Engeln drumherum, den ich von Nils bekommen habe.« Ich unterdrücke ein Gähnen. Mein ganzer Körper ist schwer wie Blei.

Hanna will sich zu Lili hinunterbücken, entscheidet sich dann aber um und mustert mich besorgt. »Ist was passiert?«

»Ja, aber ich möchte vor Julian nicht drüber sprechen.« Ich runzle die Stirn. »Wo ist er denn überhaupt?«

»Er sucht einen Parkplatz. Hier in der Gasse kann man das ja vergessen.« Sie betritt meinen Flur, streift ihre Stiefel ab und schiebt sie mit dem Fuß in eine Ecke.

»Du hast viel Vertrauen zu Lili«, stelle ich fest.

»Ich habe Stinkefüße, also Schnauze weg!«, erklärt sie in Lilis Richtung und ich muss lachen.

»Julian ist sonntags immer im Schneckenmodus unterwegs, du hast also noch ein paar Minuten, um mir die Kurzversion von dem zu geben, was dich so zerknirscht aussehen lässt.« Sie reißt die Augen auf. »Du hast doch nicht etwa schon Streit mit Nils? Hat sich rausgestellt, dass er ein Perverser ist, der deine Stiefel heimlich ableckt?« Wir sehen beide auf den Boden, wo Lili sitzt und unschuldig zu uns aufsieht.

Ich verziehe das Gesicht. »Nein, kein Stiefellecker. Im Gegenteil. Nils ist nicht das Problem.«

Ich spähe hinaus. Noch kein Julian in Sicht.

»Obwohl er sich heute noch nicht gemeldet hat, was nicht zu ihm passt. Aber viel schlimmer ist, dass ich ihm verschwiegen habe, dass Philip verschwunden ist und ich verrückt werde vor Sorgen um ihn, und das, obwohl ich gar nicht an ihn denken will.« Ich seufze. »Womit wir beim Punkt wären.«

Hanna mustert mich. »Philip also mal wieder«, stellt sie nüchtern fest.

»Hast du denn keine Angst um ihn?«

»Philip ist ein erwachsener Mann.«

»Er hat den Laden einfach im Stich gelassen.«

»Du meinst dich?«

»Was?«, rufe ich und werfe einen weiteren hastigen Blick nach draußen. »Das ist es nicht. Aber was machen wir denn nun mit dem Laden?«

»Philip hat mir geschrieben, dass er am Mittwoch wieder da ist und wir beide am Dienstag aufmachen sollen. Ist also alles nur halb so wild.«

»Er hat sich bei dir gemeldet?« Ich ringe nach Atem, um den Stich in meinem Herzen loszuwerden. »Und er hat sich wohl endlich daran erinnert, dass wir durchaus in der Lage sind, ohne ihn zu arbeiten?«

Hanna nickt. »Gestern Abend kam die große Botschaft.«

»Und das sagst du mir erst jetzt?« Ich stelle den Adventskranz auf dem Garderobenschrank ab und verschränke die Arme vor der Brust.

»Ich wusste nicht, dass es dir so wichtig ist.« Hanna kratzt sich am Kopf und sieht so entspannt aus, dass ich meine Wut zügeln muss.

»Du hättest dir denken können, dass ich mir Sorgen mache, du kennst mich gut genug.«

»Mieke, ich …«

»Julian kommt«, zische ich, als ich den blonden Lockenkopf von Hannas Freund erblicke. »Jetzt konnte ich dir gar nichts von der Lampe erzählen, die eine Verrückte mir auf dem Weihnachtsmarkt geschenkt hat.«

Hanna sieht mich an, als hätte ich den Verstand verloren. »Du brauchst Urlaub.«

»Hi Julian«, flöte ich und strecke die Arme aus.

Julian drückt mich kurz an seinen molligen Oberkörper. »Hallo Mieke, schön dich zu sehen.«

»Der Adventskranz deiner Mutter ist wundervoll, richte ihr meinen Dank aus.«

»Lauert Fräulein Rottenmeier hier irgendwo oder warum sprichst du auf einmal so gestelzt?« Hanna lacht, kann aber auch damit den irritierten Ausdruck in ihrem Gesicht nicht übertünchen.

»Das nennt man Höflichkeit, vielleicht solltest du den Begriff mal nachschlagen«, feixe ich.

Julian schlägt die Hände gespielt entsetzt über dem Kopf zusammen. »Ich werde diese Freundschaft nie verstehen.«

Hanna wirft mir einen zögerlichen Blick zu. Ich weiß, dass wir gerade beide an Philip und die gekündigte Freundschaft denken, die nie eine war.

»Wozu hast du eigentlich einen Esstisch?«, will Julian wissen, nachdem ich meine Gäste stattdessen zu dem gedeckten

Couchtisch geführt habe. Er setzt sich auf eins der Kissen auf dem Boden, während ich die Ansammlung an Kerzen anzünde, die überall herumstehen. »Nicht, dass es mich stören würde, aber es ist so anders.«

»Mieke ist einzigartig.« Hanna strahlt mich an und die Spannung von vorhin löst sich in Luft auf. »Genau dafür liebe ich sie so.«

Ich werfe ihr eine Kusshand zu und beiße in mein Croissant. »So ist es doch gemütlicher«, sage ich kauend. Die Kerzen strahlen eine warme Behaglichkeit aus, die sich in den bunten Kugeln des Weihnachtsbaums widerspiegelt. Es riecht nach Tanne und Zimt, ich liebe diesen Duft. »Ich habe die Marmelade vergessen, ich hole sie.« Gerade als ich aufstehen will, klingelt es an der Tür.

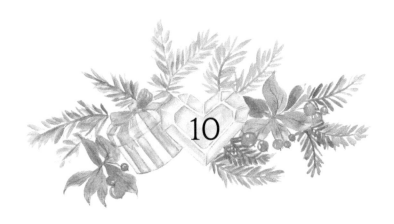

10

Hanna sieht mich fragend an. »Erwartest du noch jemanden? Kommen Alina und Britta doch noch?«

Ich zucke mit den Achseln. »Nicht dass ich wüsste.« Ich laufe zur Tür, begleitet von Lili.

»Papa!«, rufe ich erstaunt und lasse meinen Vater rein.

»Entschuldige, dass ich störe, Miekchen. Aber es ist doch Glatteis gemeldet und da dachte ich, dass du vielleicht Streusalz brauchen könntest. Ich habe gestern Nachmittag eine Reserve für dich gekauft, aber ich konnte nicht mehr vorbeikommen, weil Waldemar und Marianne uns mit ihrem Enkelkind besucht haben. Ein süßer Fratz.« Er sieht mir über die Schultern. »Störe ich? Ist Eric da?«

Mir wird warm. »Hanna und Julian sind zu Besuch. Wir frühstücken zusammen. Du kannst dich gerne zu uns gesellen, wenn du möchtest.«

»Meinst du?« Er reibt sich den Bauch, der aus seiner offenen Jacke herausragt. »Hunger hätte ich schon.«

»Dann komm rein.« Ich lächle und versuche, meine Nervosität zu überspielen. Hanna wird die Trennung von mir und Eric mit keinem Wort erwähnen, aber was ist mit Julian?

Mein Vater hängt seine Jacke an den Garderobenständer. Mein Blick bleibt an seinem weißen Pullover mit unzähligen Tannenbäumen hängen.

»Ein Geschenk von Marianne, hat sie selbst gestrickt«, sagt er unbeholfen.

»Sieht gut aus. Wie geht es den beiden?«

Mein Vater holt tief Luft und ich bereue meine Frage, während er mir ins Wohnzimmer folgt und von den Freizeitplänen berichtet, die er und sein Kollege Waldemar jetzt schon aushecken, weil sie es kaum erwarten können, in absehbarer Zeit in Rente zu gehen und sich nicht mehr um die finanziellen Angelegenheiten anderer Leute kümmern zu müssen. Aber auf das ihm Wichtigste geht mein Vater erst ein, nachdem er Hanna und Julian begrüßt hat.

»Waldemar geht ganz in seiner neuen Rolle als Großvater auf.« Er bückt sich und schnappt sich ein Puddingteilchen. Während er uns von dem Baby vorschwärmt, das Waldemar und Marianne jetzt regelmäßig betüdeln dürfen, sieht er sich suchend im Raum um. Ich deute stumm auf mein Sofa, um ihn nicht zu unterbrechen. Er nimmt sich eine Serviette und setzt sich hin.

»Er hat mich natürlich gefragt, wann es denn bei uns so weit ist.« Er lacht leicht verlegen. »Bald habe ich gesagt, bald. Eric und Mieke sind dran.«

»Doch wieder Eric – ich dachte, dein neuer Freund heißt Nils?«, fragt Julian unschuldig und schält seelenruhig seine Mandarine weiter.

Hanna und ich sehen uns an und mein Magen krampft sich mit jeder Sekunde und jedem nervösen Blinzeln mehr zusammen.

Mein Vater lacht und hält Julian vermutlich für nicht ganz schlau. »Na, die beiden Namen kann man ja auch leicht verwechseln«, sagt er und lacht noch lauter.

»Aber ich bin mir ganz sicher, dass Hanna auf dem Weg hierher von einem gewissen Nils gesprochen hat, nicht von Eric.« Er will seine Ausführungen präzisieren, doch Hanna legt ihm die Hand auf den Mund.

Das Lachen meines Vaters verebbt. »Miekchen?«

Hanna räuspert sich und packt Julian am Arm. »Lass uns kurz mit Lili rausgehen.«

»Wenn ich was Falsches gesagt habe, tut es mir leid.« Julian sieht mich so verzweifelt an, dass ich Mitleid mit ihm bekomme.

Ich versuche mich an einem Lächeln. »Alles gut. Lasst mich nur kurz mit meinem Vater sprechen.« Ich wende mich an Hanna. »Du weißt ja, wo du Lilis Leine und den Schlüssel findest.«

Nachdem Hanna und Julian gegangen sind, setze ich mich zu meinem Vater auf das Sofa.

»Julian hat sich nicht geirrt. Eric und ich sind nicht mehr zusammen.« Ich atme geräuschvoll aus. »Ich hätte es dir und Ma-

ma früher sagen sollen, aber es hat sich nicht ergeben, weil ihr
…«

»Weil wir dir mit dem Enkelkind in den Ohren gelegen haben und nicht mal bemerkt haben, dass du eine Trennung zu verkraften hast.« Seine Stimme bricht, etwas, was ich an ihm noch nie zuvor erlebt habe.

»Mach dir keine Vorwürfe. Ich habe mit Eric abgeschlossen und es geht mir gut.«

»Das ändert nichts daran, dass Mama und ich nicht für dich da waren, als du uns gebraucht hättest.« Er dreht gedankenverloren an seinem Ehering. »Was war denn mit Eric? Ihr habt doch so glücklich gewirkt.«

Ich entscheide mich für die ganze Wahrheit. »Er hat mich mit seiner Sekretärin betrogen. Immerhin hatte er den Anstand, es mir zu sagen.« Ich starre auf den Boden und entdecke eine Staubfluse.

Mein Vater nimmt meine Hand und ich sehe ihn an. »Das tut mir leid. So eine Enttäuschung. Deine Mutter wird ihre gute Kinderstube vergessen, wenn ich ihr das erzähle.« Er hüstelt. »Ich will nicht indiskret sein, aber wer ist jetzt eigentlich dieser Nils?«

Ich lächle. »Den werdet ihr kennenlernen, wenn die Zeit reif ist.«

»Also hat Hannas Freund recht, wenn er sagt, dass du mit Nils zusammen bist?«

Ich grinse. »Jetzt bist du ja doch indiskret.«

Mein Vater lacht und zieht mich in seine Arme. »Ach, Miekchen. Versprich mir, dass du deiner Mutter und mir so etwas Wichtiges nie wieder verschweigst.«

»Versprochen«, sage ich und denke unwillkürlich an das Versprechen, das ich Alina gegeben habe. Habe ich es gebrochen, als ich Nils das erste Mal geküsst habe? Ich glaube nicht. Ich nehme mir vor, ihn anzurufen, sobald mein Vater, Hanna und Julian gegangen sind.

»Und ich schwöre dir, dass Mama und ich das Wort Enkelkind aus unserem Wortschatz streichen.« Mein Vater zwinkert mir zu. »Vorerst.«

Ich löse mich aus seiner Umarmung und knuffe ihn in den Arm. Im selben Moment wird die Haustür aufgeschlossen. Mein Vater reibt seine Hände aneinander, die mir schon als Kind riesig vorgekommen sind. Das hat sich bis heute nicht geändert.

»So, ich hole schnell das Streusalz aus dem Auto und dann verschwinde ich.«

»Bleiben Sie doch noch!«, ruft Hanna und wirft mir einen besorgten Blick zu. Ich gestikuliere, um ihr zu vermitteln, dass zwischen mir und meinem Vater alles in Ordnung ist, aber sie legt die Stirn in Falten und bildet ein stummes Hä? mit den Lippen.

»Mieke und ich haben keinen Streit«, sagt mein Vater überdeutlich und wir lachen alle.

»So, und jetzt entschuldigt mich.« Kurz darauf ruft er aus dem Flur: »Das Streusalz ist angekommen. Bis bald, ich finde allein raus.«

»Dein Vater ist nett«, sagt Julian, nachdem die Tür ins Schloss gefallen ist.

»Ja, das ist er.« Ich setze mich auf den Boden und nehme einen Schluck Orangensaft. »Der Kaffee ist bestimmt nicht mehr warm, soll ich Neuen machen?«

»Gute Idee! Aber lass das doch Julian übernehmen.«

»Was schreist du denn so?« Ich stehe auf und sehe, wie Hanna es mir gleichtut.

»Julian, mach du den Kaffee, Mieke wollte mir noch … ihre neue Unterwäsche zeigen.«

»Was?« Ich stiere sie an.

Sie lacht gekünstelt. »Kommst du?«

In meinem Schlafzimmer angekommen, bleibe ich dicht vor Hanna stehen, die sich auf mein Bett gesetzt hat.

»Unterwäsche? Was Dämlicheres ist dir wohl nicht eingefallen. Was wird Julian jetzt von mir denken? Und was willst du überhaupt hier oben?«

»Julian denkt nicht so viel, der ist nicht wie du.« Sie gluckst. »Außerdem interessiert er sich nur für meine Unterwäsche.«

»Sehr witzig.«

Hanna seufzt. »Ich will mich mit dir allein unterhalten.«

»Worüber?« Ich stemme die Hände in die Hüften.

»Jetzt geh doch nicht gleich auf Konfrontationskurs. So aggressiv kenne ich dich ja gar nicht.«

»Ich bin nicht aggressiv. Ich verstehe nur nicht, was du von mir willst.«

»Du verstehst mich nicht?« Sie zeigt zuerst auf mich und dann auf sich. »Du bist doch die, die sich wegen Philip verrückt macht und die irgendetwas von einer Lampe gefaselt hat.«

Mein Blick wandert unwillkürlich zu meinem Nachttisch. »Das mit Philip ist für mich geklärt. Wir zwei werden den Laden am Dienstag aufmachen, und er meldet sich eben lieber bei dir als bei mir, mir doch egal.«

»Jetzt klingst du wie meine dreijährige Nichte.«

»Die du nicht hast.« Ich setze mich neben sie, lehne mich zu meinem Nachttisch hinüber und knipse das Licht an.

»Aber wenn ich eine hätte, würde sie so klingen.« Hanna schaut auf die Salzkristalllampe. »Seltsame Form. Aber gemütliche Atmosphäre.«

Wir lassen uns gleichzeitig nach hinten auf mein Bett fallen.

»Du hast gewonnen, ich muss dir etwas erzählen.«

»Schieß los.« Hanna dreht sich auf die Seite und hört sich mit wachsender Spannung an, was auf dem Weihnachtsmarkt passiert ist.

»Weiß Alina schon davon?« Hannas Augen funkeln vor Begeisterung.

Ich verneine. »Und ja, du darfst es ihr erzählen.«

»Wirklich? Du bist ein Schatz. Was dir passiert ist, ist so romantisch.« Sie setzt sich mit einem Ruck hin. »Wer wohl die zweite Hälfte hat?« Sie zieht die Luft geräuschvoll ein. »Stell dir vor, es wäre Philip. Was würdest du dann machen?«

»Es ist sicher nicht Philip.«

Sie zieht eine Schnute. »Ich sehe das anders. Warum erlebe ich nie so etwas Besonderes?«

»Besonders ist es in der Tat. Besonders schwachsinnig. Nur die Lampe ist schön.«

Unsere Blicke ruhen eine Weile auf dem sanften Licht und wir hängen beide unseren Gedanken nach, die sich bei mir um Hannas Frage drehen. Was würde ich machen, wenn Philip die zweite Hälfte hätte?

»Schade, dass du morgen nicht dabei sein kannst«, sagt Hanna auf einmal.

»Geht ihr mal schön ohne mich und spekuliert dabei über die Lampen-Story. Klettern spricht mich einfach nicht an.«

»Siehst du Nils morgen?«

Ich presse die Lippen für einen kurzen Moment zusammen. »Das kann ich dir nicht sagen. Ich habe noch nichts von ihm gehört, seit er zu seiner Mutter gefahren ist. Ich weiß nicht einmal, wie lange er bleibt und wo sie wohnt.« Ich seufze. »Noch so ein Verschollener.«

»Vielleicht stecken Philip und Nils unter einer Decke?« Hanna kichert. »Symbolisch natürlich nur.«

»Nein, Philip und Nils haben kaum etwas miteinander zu tun«, erwidere ich und bin mir auf einmal gar nicht mehr so sicher, ob das stimmt.

Den restlichen Sonntag verbringe ich zwischen Sofa und kleinen Gassirunden mit Lili.

Auf der Elbwiese spielen Kinder mit dem wenigen Schnee, der liegen geblieben ist. Es herrscht ein eisiger Wind. Froh, wieder drinnen im Warmen zu sein, lasse ich den Fernseher laufen. Schon als Kind habe ich die Sonntagsmärchen geliebt. Das hat sich bis heute nicht geändert.

Als sich das Pärchen im Film küsst, komme ich nicht umhin, mich zu fragen, ob Nils und ich überhaupt zusammen sind. Wir haben uns geküsst und das mehrfach. Doch bedeutet das automatisch, dass wir ein Paar sind? Wir haben nicht darüber gesprochen, weil ich dachte, es wäre überflüssig, doch nun frage ich mich, was Sache ist. Denn wenn wir nicht zusammen sind, gelten auch keine Regeln und er könnte tun und lassen, was er will.

Ich schlucke trocken. Manchmal bin ich ganz schön naiv.

Die Beleuchtung des Weihnachtsbaums geht an und ich verliere mich im Funkeln der schönen Glaskugeln. Jedes Jahr, wenn meine Eltern mit mir in Thüringen Urlaub gemacht haben, durfte ich mir eine Kugel aussuchen. Und meistens habe ich dann zu meinem Geburtstag noch eine bekommen. Jede ist einzigartig und ich liebe die Sammlung fast so sehr wie meine Kerzen.

Ich seufze. Da war die Welt noch in Ordnung. Man müsste für immer ein Kind bleiben.

11

Nils flüstert ins Telefon: »Am Mittwoch bin ich wieder da, ich freue mich auf dich«, er spricht dabei so leise, dass ich mich frage, ob er ein Doppelleben führt und mich vor seiner Ehefrau und seinen Kindern verstecken muss. Vielleicht ist das mit der Scheidung eine Lüge und er betrügt mich und seine Frau gleichzeitig. Kaum habe ich den Gedanken wahrgenommen, wird er auch schon von einem anderen abgelöst, den ich laut ausspreche.

»Philip kommt auch am Mittwoch zurück.«

»Tatsächlich?«, fragt Nils nun lauter. »Wo ist er denn?«

Sein Ton ist mir seltsam fremd. »Es hat wohl einen Todesfall gegeben«, bemerke ich lediglich und hoffe gleichzeitig, dass Nils sich da, wo er jetzt gerade ist, an die Stirn schlägt, sich erinnert und mir erklärt, was passiert ist und wo Philip ist.

»Wer ist denn gestorben?«

»Das hat er nicht gesagt.« Eigentlich hat er gar nichts gesagt, sondern nur drei Wörter auf einen Fetzen Papier geschrieben. Aber ich will Nils ein weiteres Gespräch über Philip ersparen. Bestimmt ist es Zufall, dass sie am selben Tag zurückkehren. Bestimmt weiß er wirklich nichts. Bestimmt war es richtig, ihn so nahe an mich ranzulassen.

»Wann wirst du eigentlich das Fenster dekorieren?«, wechsle ich das Thema. »Es sieht so trostlos aus.«

»Ende der Woche wird es fertig sein. Vielleicht mache ich es sogar schon am Mittwoch.« Er macht eine Pause. »Ich habe alle anderen Aufträge der kommenden Woche auf später verlegt. Ich wusste nicht, wie lange ich bleiben müsste.«

»Warum das denn?« Ich werde gegen meinen Willen stutzig. »Das klingt aber nicht nach einem entspannten Besuch.«

»Komplizierte Geschichte. Meiner Mutter geht es nicht so gut. Deswegen wollte ich für alle Eventualitäten gerüstet sein.« Er atmet tief ein und wieder aus. »Aber wie gesagt, am Mittwoch komme ich zurück. Ihr seid doch im Laden, oder?«

»Ja, sind wir. Wir sollen am Dienstag wieder öffnen. Sag mal, wo lebt deine Mutter eigentlich?« Er selbst hat während seiner Ehe in Berlin gelebt, das hat er erzählt. Aber da wird er jetzt wohl kaum sein, weil er mir erzählt hat, dass ihn von hier aus nur eine Stunde Autofahrt von seiner Mutter trennen.

»Mieke, ich muss leider Schluss machen. Ich melde mich heute Abend. Genieß deinen freien Tag. Wir sehen uns übermorgen.«

Er schickt mir einen Kuss durchs Telefon, den ich nicht einmal erwidern kann, weil er so schnell auflegt. Langsam zweifle ich daran, dass Nils so ehrlich ist, wie ich dachte. Hat er mir absichtlich verschweigen wollen, wo er gerade ist? Warum sollte er das tun? Anstatt ihn über Philip aushorchen zu wollen, hätte ich vielleicht besser daran getan, von Philip mehr über ihn zu erfahren. Andererseits würde Philip niemanden an seinen Laden binden, dem er nicht trauen kann.

»Ich verstehe gleich gar nichts mehr«, sage ich zu Lili und seufze.

Den restlichen Montag verbringe ich mit Grübeln und schaue dabei immer wieder auf mein Handy. Nils meldet sich ab und zu, aber seine Nachrichten kommen mir so glatt vor. Er schreibt das, was man eben schreibt, wenn man verliebt ist, verliert aber kein Wort über seine Mutter oder was auch immer ihn gerade beschäftigt. Von Philip höre ich nach wie vor nichts.

»Habe ich mich schon wieder kopfüber in eine sinnlose Beziehung gestürzt?« Ich klemme das Handy zwischen Kopf und Schulter fest, gebe Hähnchenfleisch in eine Pfanne und hole das vorgeschnittene Gemüse aus dem Kühlschrank. Das Brutzeln und Zischen in der Pfanne übertönt Alinas Stimme fast, und ich entscheide mich dagegen, die Abzugshaube einzuschalten, um nicht noch mehr Hintergrundgeräusche zu verursachen, die unser Gespräch stören.

»Und jetzt komm nicht wieder mit deiner Milch.« Ich knalle die Kühlschranktür zu. »Die mir übrigens ausgegangen ist.«

»Jetzt atme mal tief durch und beruhige dich.« Alina klingt müde. Sie hat sich beim Klettern am Fuß verletzt, mehrere

Stunden im Wartezimmer der Notaufnahme verbracht und ein starkes Schmerzmittel bekommen. »Das mit Nils und dir ist noch so frisch, dass es normal ist, sich solche Fragen zu stellen.«

»Da ist noch was.« Ich blicke mich suchend um. Wo habe ich denn jetzt das Kräutersalz hingestellt? Genervt rolle ich mit den Augen. »Ich habe das Gefühl, dass Nils bei Philip ist.«

»Wie kommst du denn darauf?«

»Beide kehren am Mittwoch zurück, sie kennen sich von früher und Nils hat kaum Fragen wegen dem Laden und Philip gestellt. Eben als wüsste er schon alles.«

Alina seufzt. »Die Beweislage ist dünn, Frau Detektivin.«

»Ich weiß. Aber da ist dieses Gefühl.« Heißes Fett spritzt auf meine Hand und ich verziehe das Gesicht.

»Seit wann gibst du einem Gefühl so viel Bedeutung?«

»Seit wann tust du es nicht mehr?«, erwidere ich.

»Ich glaube, das Problem ist ein ganz anderes. Es hat nichts damit zu tun, dass du Nils jetzt auf einmal grundlos für einen Betrüger hältst.«

»Womit hat es dann zu tun?«

»Philip. Du willst nicht, dass er nur dein Chef ist, der verschwinden kann, wenn es ihm passt.«

Ich drehe die Temperatur der Kochplatte runter, gehe zum Sofa und lasse mich auf das weiche Polster fallen. »Das kann er auch nicht. Er hat Verantwortung gegenüber dem Laden und seinen Angestellten.«

»Er weiß, dass ihr zurechtkommt und vertraut euch.« Etwas raschelt und Alina stöhnt vor Schmerz auf.

»Alles in Ordnung?« Ich bekomme ein schlechtes Gewissen. Alina hat Schmerzen und ich ziehe meine Kreise wieder um das Thema Philip, anstatt einfach zuzugeben, was sowieso alle wissen: Ich fühle mich zu ihm hingezogen. Da sind diese Momente, die ich nicht in Worte fassen, aber fühlen kann. Wenn er mich küssen wollte, würde ich … Ich schnuppere. Irgendetwas riecht seltsam.

»Ja, schon gut. Ich muss nur leider jetzt auflegen, Britta und ich müssen uns wegen meines Ausfalls im Salon umorganisieren. Ich habe Angst, dass es ihr zu viel wird.«

»Das verstehe ich. Tut mir leid, es war nicht der beste Moment zum Telefonieren«

»Das macht doch nichts. Wenn es nicht okay gewesen wäre, dann wäre ich nicht rangegangen. Vertrau darauf, dass sich alles findet.« Ich höre das Lächeln in ihrer Stimme. »Du hast ja jetzt die Zauberlampe.«

»Hanna hat dir also davon erzählt.« Ich schmunzle, als ich mir vorstelle, wie sie Alina mit der Neuigkeit regelrecht überfallen hat. »Am Ende hast du dich noch aus bloßem Entzücken an der Kletterwand verletzt.«

Alina klingt sogar erschöpft, wenn sie lacht. »Da muss ich dich enttäuschen, dein wunderbares Geschenk hat damit nichts zu tun. Das wird uns allen nur Gutes bringen.«

»So kenne ich dich«, sage ich und verabschiede mich kurz darauf, nur um mit Schrecken festzustellen, dass der seltsame Geruch daher rührt, dass ich den Herdknopf in die falsche Richtung gedreht habe. Ich fluche und befördere das angebrannte Essen in den Müll. So einen miesen freien Tag hatte ich schon lange nicht mehr. Ich werde jetzt eine Schüssel Cornflakes essen und dann im Bett verschwinden. Ich mustere die matschige Birne in meiner ansonsten leeren Obstschüssel. Meine Reserven habe ich gestern für das Frühstück aufgebraucht. Ich greife nach der Packung Cornflakes und schüttle sie leicht. Jetzt ist es zu spät für einen Einkauf.

Ich knöpfe meine Strickjacke zu und setze die erstbeste Mütze auf, die ich in meinem Chaos finde. Mein Handy klingelt aus der Ferne. Ich durchforste den Raum mit Blicken und entdecke es auf dem Fensterbrett, gleich neben den Kerzen, die ich bei der Gelegenheit gleich alle ausblase, damit ich mein Haus während meiner Abwesenheit nicht unfreiwillig in Flammen setze. Es reicht, dass das Essen verkohlt ist.

Für einen kurzen Augenblick hoffe ich, dass es Philip ist, doch das Display belehrt mich eines Besseren.

»Hallo«, sagt Hanna.

Ich begrüße sie und gehe gleichzeitig zum nächsten Fensterbrett, um mich auch dort um die Kerzen zu kümmern. Bevor ich die von Nils ausblase, schließe ich für einen Moment die Augen.

»Geht dir die Puste aus?« Hanna lacht. »Hör zu, ich habe nicht viel Zeit, weil Julian und ich ins Kino wollen. Ein Lichtblick nach den ganzen Stunden in diesem dämlichen Wartezimmer. Arme Alina.« Sie seufzt. »Ich wollte dir nur kurz sagen, dass Philip sich wieder gemeldet hat.«

Ich horche auf und höre auf zu pusten. »Wie geht es ihm?«

»Es ist nur eine kurze Textnachricht: Er kommt erst in einer Woche zurück – der Laden gehört also erst mal uns!«, jubelt sie.

»Er bleibt noch eine ganze Woche weg und das freut dich?«

»Klar. Wenn der Kater aus dem Haus ist, tanzen die Mäuse. Das weiß doch jeder.«

»Aber der Todesfall.« Ich tunke meine Fingerspitze in das lauwarme Wachs von Nils' Kerze und bohre eine Kuhle hinein.

»Was ist damit?«

»Vielleicht geht es ihm schlecht. Er macht seinen Laden wohl kaum spontan dicht, weil ein hundertjähriger Großonkel in Amerika gestorben ist, den er noch nie gesehen hat.«

»Das wissen wir nicht. Und solange er uns das nicht ausdrücklich mitgeteilt hat, mache ich mir keine Gedanken.« Sie quiekt. »Sorry, Julian hat mich gekitzelt. Ich muss jetzt auflegen. Wir sehen uns morgen.«

»Ich bin gleich zurück«, sage ich zu Lili, die es sich unter dem Weihnachtsbaum gemütlich gemacht hat. Ich schnappe mir meinen Hausschlüssel und halte die Luft einen Moment an, als ich nach draußen gehe und die Kälte in mich hineinkriecht.

»Hübsche Pantoffeln haben Sie«, sagt Inge Breitner und lächelt. »Als ich jünger war, habe ich auch immer diese wuchtigen Dinger getragen, aber jetzt muss ich darauf achten, dass meine Füße von allen Seiten gut gehalten werden.«

»Ich bin etwas überstürzt zu Ihnen gekommen.« Ich hebe einen Fuß und wedele mit dem flauschigen hellblauen Pantoffel herum, der mich an meine Mutter erinnert. »Aber wärmen tun sie auf jeden Fall.«

»Was führt Sie zu mir?«

»Mir ist die Milch ausgegangen und ich möchte Cornflakes essen«, erkläre ich und komme mir auf einmal kindisch vor. »Könnten Sie mir eine Packung leihen? Ich kaufe morgen neue.«

Sie wischt sich die Hände an der Schürze ab. »Ist das etwa Ihr Abendessen?«

Ich nicke beschämt. »Mein Hähnchenmenü habe ich anbrennen lassen. Nicht mein Tag heute.«

»Ich mache mir gerade eine Kleinigkeit. Sie sind herzlich eingeladen.«

»Das kann ich nicht annehmen.« Auch wenn Frau Breitner sich so oft um Lili kümmert, haben wir doch wenig Kontakt miteinander. Warum habe ich eigentlich nie versucht, sie besser kennenzulernen?

»Sie müssen sogar – ich esse lieber in Gesellschaft!«, sagt sie und sieht einen Moment traurig aus.

»Haben Sie Kinder?«, frage ich, während Frau Breitner einen Teller mit zwei Spiegeleiern, Bratkartoffeln, Speck und Salat vor mich hinstellt. »Das sieht lecker aus, danke.«

Sie setzt sich mir gegenüber und stellt ihren eigenen Teller auf dem rustikalen Holztisch ab. »Gustav und ich hatten eine Tochter.«

Ich erstarre mitten im Kauen. Sie hat in der Vergangenheit gesprochen und ein flaues Gefühl kriecht in meinen Magen.

Ich schlucke die Kartoffel nahezu unzerkaut herunter und sehe Frau Breitner stumm an.

»Es ist schon fünfundzwanzig Jahre her. Sie hat sich schon vor langer Zeit das Leben genommen.«

Ich lege die Gabel nieder. »Wie schrecklich. Das muss sehr schlimm für Sie sein.«

Ihre Augen werden feucht. »Bitte entschuldigen Sie. Das ist nicht gerade ein feines Thema am Tisch. Bestimmt habe ich Ihnen den Appetit verdorben.«

Ich nehme die Gabel wieder und schiebe ein Stück Ei darauf, um sie zu beruhigen. Was kann ich schon mehr tun? Was soll ich sagen?

»Wissen Sie, warum sie das gemacht hat?«, frage ich und füge schnell hinzu: »Sie müssen mir das natürlich nicht erzählen.«

»Ich kann mittlerweile gut darüber sprechen und es ist schön, ein offenes Ohr zu finden. Wer interessiert sich schon noch für die Geschichten einer alten Frau?« Sie tupft ihren Mund mit der Serviette ab, als ob sie einen Moment für sich bräuchte.

»Katharinas Mann hat sie für eine andere Frau verlassen. Von heute auf morgen. Und dann hat er einen Scheidungskrieg angezettelt.« Ihre Stimme zittert. »Nur das Kind, das wollte er erst, nachdem sie gestorben war und er Schuldgefühle hatte.«

Ich spüre einen unangenehmen Druck in meiner Brust. »Sie sind Großmutter?«, frage ich heiser und räuspere mich, um den Kloß im Hals loszuwerden.

»Lassen Sie uns doch zum Du übergehen. Ich bin Inge.«

Ich nicke. »Mieke.«

Sie atmet tief durch. »Vicky war zwei, als ihre Mutter die Tabletten genommen hat.« Sie hustet und nimmt einen Schluck Wasser. »Ich habe lange mit dem Schicksal gehadert, aber schließlich akzeptiert, dass Katharina keinen anderen Ausweg gesehen hat. Aber verstehen werde ich es nie. Wie kann man sein Kind allein lassen und ihm nicht mal einen Abschiedsbrief hinterlassen?« Sie schaut zum Fenster hinüber, obwohl die Vorhänge zugezogen sind. »Einen Plüschhasen hat sie ihr dagelassen. Als ob Selbstmord wie Weihnachten wäre. Gustav hat ihr das nie verziehen. Bis zu seinem Tod nicht.«

»Das verstehe ich. So groß kann die Liebe zu einem anderen Menschen doch gar nicht sein, dass man sich umbringt, wenn er einen verlässt.« Wieder muss ich an Alina und das Versprechen denken. Sie würde ihr Leben für Britta hergeben, daran zweifle ich keine Sekunde.

»Ich glaube nicht an die wahre Liebe!«, platzt es aus mir heraus.

»Wie schade«, sagt Inge und lächelt. »Ich liebe meinen Gustav heute noch.«

»Das ist schön. Aber nichts für mich.« Ich versuche, unser Gespräch aufzulockern. »Mir reicht Lili.«

Inges Miene hellt sich auf. »Aber es gibt doch einen Mann in deinem Leben?« Sie schmunzelt. »Ich bin alt, aber nicht blind.«

Ich stochere in den Kartoffeln herum. Der Appetit ist mir vergangen, aber ich will Inge nicht enttäuschen. »Das ist zu frisch, um groß was darüber sagen zu können«, behaupte ich und würde gerne wissen, ob Nils das auch so sieht.

Inge fällt ein Stück Speck auf den Schoß, aber sie bemerkt es nicht.

»Meine Enkelin ist auch frisch verliebt. Ich hätte ihren Freund eigentlich gestern kennengelernt, aber er musste kurzfristig weg, um persönliche Probleme zu klären. Es ist schön zu wissen, dass sie jemanden hat. Sie hat es nicht immer leicht gehabt mit ihrem Vater und dessen neuer Familie.«

»Das kann ich mir vorstellen.« Ich schiebe mir eine dick beladene Gabel in den Mund.

»Wir haben erst seit ein paar Monaten wieder Kontakt. In ihrer Kindheit habe ich sie selten zu Gesicht bekommen und als sie in die Pubertät kam, hat sie sich zurückgezogen.« Sie lacht kurz. »Du kannst dir vorstellen, wie überrascht ich war, als sie vor fast einem Jahr plötzlich vor der Tür stand.« Sie seufzt. »Ich wünschte, Gustav hätte das noch erlebt.«

»Das alles tut mir so leid.«

»Das braucht es nicht. Es ist das Leben.« Sie deutet auf meinen leeren Teller. »Komm mit, ich serviere uns das Dessert im Wohnzimmer.«

»Du solltest dir nicht so viel Arbeit machen«, sage ich und stehe auf, um den Tisch abzuräumen.

»Das tue ich gar nicht. Ich habe heute Morgen Weihnachtskekse gebacken und die lassen wir uns jetzt bei einem heißen Kakao schmecken.«

»Das klingt großartig.«

»Geh schon mal ins Wohnzimmer, ich kümmere mich um den Kakao.«

Ich gehe auf den Flur, der im Vergleich zur fast schon überheizten Küche eiskalt wirkt, und öffne eine knarzende Holztür, um das Wohnzimmer zu betreten. Schon seltsam, dass ich noch nie hier war, obwohl Inge bei mir ein- und ausgeht, um sich um Lili zu kümmern.

Die Wände sind weiß, aber mit unzähligen Gemälden in allen Größen behangen. Sie alle sind in düsteren Farben gehalten und zeigen verlassene Landschaften. Die Polstermöbel sind beige und sehen abgesessen, aber bequem aus. Das Herzstück des Raumes ist ein riesiger dunkler Holzschrank, in dessen Vitrine leere Blumenvasen, Gläser und ein paar Fotorahmen stehen. Ich gehe näher hin und sehe Inge als junge Braut neben einem Mann in Anzug, der fast ausgemergelt und um einiges größer als sie ist. Ich habe Gustav kaum gekannt, er hat mir manchmal am Briefkasten zugenickt, aber nur wenig gesagt. Ich weiß nicht einmal, ob es ihm gefallen hat, dass Inge sich mir als Hundesitterin angeboten hat, nachdem ich kurz nach meinem Einzug entschieden hatte, dass ich Gesellschaft brauche.

Mein Blick wandert zum nächsten Foto, das in einem geschwungenen Silberrahmen steckt. Inge mit Baby im Arm und Strahlen in den Augen. Ich sehe weg, der Gedanke, dass ihre Tochter nicht mehr lebt, schmerzt. Das Leben kann so hart sein, denke ich, als ich das Bild einer jungen Frau betrachte, die mit großen, dunklen Augen in die Kamera lacht und dabei ein Kleinkind an sich drückt. Frisur und Hautton erinnern mich an Schneewittchen, aber da ich vermute, dass es sich hier um Katharina und ihre Tochter handelt, kann ich meinen Vergleich nicht lustig finden.

Mein Handy vibriert in meiner Hosentasche. Als ich sehe, wer mir geschrieben hat, stolpert mein Herz aufgeregt.

Das Leben ist grausam.

Mehr schreibt Philip nicht. Ich überlege, was ich antworten soll. In meinen Fingern kribbelt es. Warum schreibt er das und nicht mehr? Will er mir damit sagen, dass er meine Hilfe braucht? Ist diese Nachricht nicht ein Zeichen unserer besonderen Verbindung? Immerhin hat er mir damit anvertraut, dass es ihm nicht gut geht. Mein Gefühl hat mich also nicht getäuscht.

Hastig tippe ich eine Antwort:

Was ist passiert? Was kann ich tun?

Um die Zeit bis zu seiner Antwort rumzukriegen, gehe ich zum letzten Foto. Der Blick darauf reißt mir den Boden unter den Füßen weg und ich schnappe nach Luft. Ich blinzle ein paar Mal und sehe wieder zu dem Bild der jungen Frau, die der auf dem anderen Foto erschreckend ähnelt, nur dass ihr Gesicht runder, ihre Lippen knallrot und ihr Blick selbstsicherer ist.

»Ist meine Enkelin nicht bildhübsch?«, fragt Inge mit Stolz in der Stimme und einen Tablett voller Kekse und einem dampfenden Krug in den Händen.

»Ja, und sie ist mit meinem Chef zusammen«, sage ich tonlos. Magensäure bahnt sich ihren Weg meine Kehle hoch.

»Tatsächlich? Ein witziger Zufall.«

»Allerdings.« Ich zwinge mich zu einem Lächeln. »Bist du mir böse, wenn ich nach Hause gehe? Ich bin müde und will Lili nicht so lange allein lassen. Sie muss noch mal raus.«

Inge stellt das Tablett auf der schneeweißen, steif aussehenden Tischdecke ab. »Aber was ist mit dem Kakao und den Keksen?«

»Ich nehme gerne ein paar Kekse mit rüber, wenn ich darf.«

Sie mustert mich besorgt. »Ist etwas passiert?«

»Nein, wie gesagt, es ist wegen Lili.«

»Wir können sie rüber holen.«

Ich seufze und setze mich auf einen der klobigen Sessel und versinke in dem weichen Polster. Ich werfe einen verstohlenen Blick auf mein Handy. Keine Nachricht. Auf einmal habe ich es gar nicht mehr so eilig, nach Hause zu kommen.

»Kannst du mir einen Gefallen tun und mir sagen, wo ich Victoria finden kann?«, frage ich die alte Dame voller Hoffnung.

12

Hanna schaut mich grinsend an. »Verstehe ich das richtig? Deine uralte Nachbarin ist jetzt deine Busenfreundin und noch dazu die Oma von Philips Hexe, mit der du jetzt Mitleid hast, weil ihre Mutter sich umgebracht hat, und die du aufsuchen willst, damit sie dir Philips wahrscheinlich gar nicht so bedeutsames Geheimnis erzählt?«

»Hol Luft oder du erstickst.« Ich schließe die Kasse auf. »Wir sind bereit für Kundschaft.« Ich sehe zur Tür, als würde Philip jeden Moment hereinspazieren. »Auch ohne Chef.«

»Also, was hast du jetzt vor?« Hanna zupft ihren Pony zurecht und starrt mich durch ihre randlose Brille an, die sie trägt, wenn sie wie heute mehr Lidschatten auflegt.

»Das habe ich dir doch gerade gesagt. Ich weiß, wo Victoria arbeitet. Wenn hier nicht zu viel los ist, werde ich kurz vor Feierabend hingehen.«

»Was versprichst du dir davon?«

Ich denke an Victorias überhebliche Art, aber auch an ihre Geschichte. Es fällt mir schwer, kein Mitleid mit ihr zu haben, obwohl sie mir nach wie vor unsympathisch ist. Hannas Frage verunsichert mich.

»Ich bin mir bewusst, dass ich nicht einfach so in diese Praxis reinspazieren und mit Victoria über ihren Freund plaudern kann. Aber ich will Philip helfen.«

»Er wird gar nicht verstehen, warum du so ein Theater machst.«

Ich halte ihr mein Handy hin und zupfe einen imaginären Fussel von meinem Pullover, um Hanna nicht ansehen zu müssen. »Lies seine Nachricht.«

»Ups.« Hanna gibt mir mein Handy zurück. »Da sind mir seine Nachrichten an mich lieber.«

»Ich muss ihn unterstützen. Wir sind doch Freunde. Auch wenn er das Gegenteil behauptet.«

Hanna drückt mich an sich. »Ich bin mir sicher, alles wird sich klären.« Wir sehen gleichzeitig zur Tür, durch die die ersten Kundinnen des Tages treten.

»Die gehören mir.« Hanna lacht und begrüßt Mia, ihre Mutter und ihre Schwester. »Oh ja, ich sehe schon, die ist wieder schief. Dann komm mal her, Mia. Ich bringe das für dich in Ordnung.«

Die Praxis des Dermatologen liegt im Parterre eines mehrstöckigen Hauses, in dem sich mehrere Ärzte befinden. Ich ziehe die Tür auf und lasse sie sogleich hinter mir zufallen. In der Eingangshalle befinden sich neben dem Fahrstuhl zwei weiße Türen. Auf einer davon weist ein Schild darauf hin, dass ich richtig bin.

Ich betätige die Klingel und trete ein. Alles ist weiß, der Boden, die Decke, die Wände sowie der Empfangstresen. Wahrscheinlich ist Victoria längst schneeblind. Ich verharre in der Ecke mit dem – natürlich weißen – Garderobenständer. Hinter dem Empfangstresen öffnet sich eine Tür und Victoria stöckelt mit einem neongelben Zettelchen in der Hand heraus. Sie klebt es an den Rand ihres Computerbildschirms und wendet sich mir zu. Ihre Haare hat sie streng zurückgebunden und sie trägt eine cremefarbene Bluse mit Bubikragen, Kreolen und einen pinken Lippenstift.

»Kann ich Ihnen helfen?«, fragt sie und im selben Augenblick bemerke ich in ihren dezent geschminkten Augen, dass sie mich erkennt. Ich gehe ein paar Schritte auf den Tresen zu und stütze mich darauf ab. Ich spüre Victorias Blicke auf meinem abbröckelnden Nagellack.

»Du bist doch Philips Angestellte«, sagt sie und ich tröste mich damit, dass ich mir ihre gerümpfte Nase bestimmt nur eingebildet habe.

»Die bin ich.« Ich zwinge mich, ihr fest in die Augen zu sehen, und denke an die Ähnlichkeit mit ihrer Mutter. Bestimmt ist ihr überhebliches Auftreten nur Fassade. Ich muss sie für mich erwärmen.

»Ich habe rausgefunden, dass du die Enkelin meiner Nachbarin Inge bist.« Ich versuche mich an einem Lächeln.

Sie ignoriert meine Worte. »Ich nehme an, du willst einen Termin.« Sie zieht ein klobiges Buch hervor, schlägt es auf und beginnt darin zu blättern. »Dieses Jahr wird das nichts mehr.«

»Ich habe nicht gesagt, dass ich einen Termin brauche.«

Sie klappt das Buch geräuschvoll zu. »Was willst du dann hier?«

Ihr aggressiver Ton raubt mir für einen Moment die Sprache, aber dann fange ich mich wieder. »Warum bist du so unfreundlich zu mir?«

»Die Frage ist eher, warum du hier bist.«

Ich habe nichts zu verlieren und frage geradeheraus: »Wo ist Philip?«

Sie setzt das spöttische Lächeln vom Weihnachtsmarkt auf. »Hat er dir das etwa nicht gesagt und jetzt kannst du nicht mehr schlafen?« Sie lacht. »Oder hast du Angst, dass ich ihn entführt und an mein Bett gefesselt habe?« Ihr Tonfall hat etwas Vulgäres, und ich bereue es, hierhergekommen zu sein. Das Mitgefühl, das sich in mich hineingeschlichen hat, seit ich Victorias Geschichte kenne, löst sich in Luft auf. Hanna wäre entsetzt, wenn sie das hier mitbekommen würde.

»Ich habe ein Problem mit dem Laden«, flunkere ich, weil ich mich in die Ecke gedrängt fühle und genau weiß, dass mein Gesicht gerade knallrot geworden ist.

»Dann schreib ihm.« Sie funkelt mich gereizt an und ich kann so gar keine Gemeinsamkeit zwischen ihr und ihrer sanften Großmutter ausmachen.

»Er antwortet nicht.« Ich schwitze und ziehe den Reißverschluss meines Mantels ein Stück auf.

»Aha. Und jetzt willst du nach Schneeberg fahren, um Philip mit einem erfundenen Problem bei den letzten Vorbereitungen der Beerdigung stören?«

»Warum sollte ich ein Problem erfinden?« Ich triumphiere innerlich. Er ist also in Schneeberg, was knapp über eine Stunde entfernt von hier ist. Philip meinte ja, dass er und Nils sich von früher kennen. Also wie groß ist wohl die Wahrscheinlichkeit, dass sie beide von dort kommen und nun auch am selben Ort sind? Aber warum sagt Nils das nicht einfach, immerhin ist doch nichts Schlimmes dabei. Vielleicht kannte er den oder die Verstorbene ja auch. Ich versteh das alles nicht und je mehr ich rausfinde, desto mehr Fragen habe ich. Auf jeden Fall hat Victoria mir gerade mehr weitergeholfen, als sie denkt.

»Dafür, dass ihr schon so lange für Philip arbeitet, scheint ihr ja nicht mal ein paar Tage ohne ihn klarzukommen.« Das Telefon klingelt. »Dermatologische Praxis Dr. Hilden, einen Augenblick bitte.« Sie legt den Hörer beiseite. »Hör zu. Lass die Finger von Philip. Und jetzt zisch ab. Ich habe zu tun.« Sie nimmt den Hörer. »Entschuldigen Sie, was kann ich für Sie tun?«, flötet sie in den Apparat und würdigt mich keines Blickes mehr. Ich verlasse die Praxis mit einem Lächeln auf den Lippen. Victoria sieht mich offensichtlich als Bedrohung ihres Liebesglücks, und auch wenn es falsch sein mag, kann ich nicht verhindern, dass diese Erkenntnis mir schmeichelt.

An der Bushaltestelle wähle ich die Nummer des Ladens. Eine gehetzt klingende Hanna meldet sich.

»Ist viel los? Soll ich zurückkommen?«

»Bis du hier bist, ist schon fast Schluss. Ich werde es überleben. Wie ist dein Gespräch mit der Hexe gelaufen? Aber fass dich kurz.« Sie macht eine Pause und fügt hinzu: »Ich bin sofort bei Ihnen. Probieren Sie doch die rote Brille noch einmal an. Die passt hervorragend zu Ihrem Teint.«

»Sie ist wirklich eine Hexe und sie hat mir unfreiwillig verraten, wo Philip ist. Er ist in Schneeberg, also in seiner Heimat, und der oder die Verstorbene ist so eng mit ihm verwandt, dass er die Beerdigung zu organisieren hat.« Ich atme tief durch. »Und ich vermute, Nils ist bei ihm.«

»Okay, ich habe es gespeichert, aber ich muss hier weitermachen. Ich melde mich heute Abend.«

»Kein Problem, die Bahn kommt sowieso gerade.«

»Verrätst du mir endlich, wo du gerade bist?«, frage ich nun einfach klar heraus.

»In Schneeberg bei meiner Mama, das habe ich dir doch schon gesagt.«

Ich brauche einen Moment und lasse die Info in meinem Kopf ankommen. Philip und Nils sind also wirklich im selben Ort.

»Du hast gesagt, dass du bei deiner Mutter bist, aber mir keinen Ort genannt«, kläre ich Nils auf.

»Warum ist das denn so wichtig? Oder willst du mich etwa besuchen kommen?« Ich spüre ein Lächeln auf der anderen Seite des Telefons. Und ja, irgendwie würde ich gerne zu Nils fahren, um herauszufinden, ob meine Theorie stimmt.

»Mieke? Du willst doch nicht wirklich herkommen, oder?« Nils klingt auf einmal angespannt.

»Nein, ich hab doch gesagt, es ist mir noch zu früh, um deine Mutter kennenzulernen.« Es liegt mir auf der Zunge, ihn einfach auf Philip anzusprechen, doch ich habe zu viel Angst, ihn damit vor den Kopf zu stoßen. Er muss seine Gründe haben, warum er nichts sagt.

»Ist alles okay?«, haucht er fragend in den Hörer.

»Klar ist alles okay.«

»Ich meine zwischen uns.« Er seufzt. »Du meldest dich kaum.«

»Du meldest dich auch selten.«

»Hier war viel los.« Eine unangenehme Stille breitet sich zwischen uns aus. Ein Gespräch zwischen Frischverliebten klingt wohl anders.

»Was ist denn eigentlich mit deiner Mutter?« Ich liege im Bett und knipse das Licht vom Weihnachtsmarkt im Sekundentakt ein und aus.

»Sie hat eine schlechte Phase.«

Geht es noch ungenauer? Hat diese Phase etwas mit dem Todesfall zu tun? Warum frage ich ihn nicht einfach? Weil er mir verschweigt, dass er bei Philip ist, gebe ich mir selbst die Antwort.

»Kommst du morgen wieder?«, frage ich in einer seltsamen Mischung von Sehnsucht und Misstrauen.

»Ja, das habe ich dir doch schon gesagt.«

Ich lege die freie Hand auf mein Herz und lasse das Licht ausgeschaltet. »Sorry, wollte nur wissen, ob es dabei bleibt.«

»Na klar bleibt es dabei. Ich freu mich auf dich. Außerdem muss ich die Schaufenster fertigmachen. Auftrag ist Auftrag, und du weißt ja, wie Philip ist.« Ja, das weiß ich, seufze ich. Etwas steht zwischen uns, das spüre ich, aber ich kann nicht klar definieren, was es ist.

»Ich freu mich auch auf dich«, sage ich mit einem Lächeln und knipse das Licht wieder an.

»Ich kann dir ja bei der Deko helfen, wenn du magst.«

»Das klingt gut. Je schneller ich fertig bin, umso mehr Zeit habe ich dann für dich.«

Ich spüre, wie meine Wangen warm werden. Und trotzdem denke ich, dass ich nicht für Nils sterben würde. Würde ich überhaupt jemals das Gefühl haben für jemanden sterben zu wollen? Aus Liebe?

»Ich kann es kaum erwarten.« Ich lächle und wünschte, die Leichtigkeit, die am Anfang zwischen uns geherrscht hatte, wäre noch da. Stattdessen fühle ich mich durch die Schwere erdrückt. Warum können wir nicht offen und ehrlich reden? Ich will nicht, dass etwas zwischen uns steht.

»Ich wünsche dir eine gute Nacht.«

»Ich dir auch.«

»Mieke?«

»Ja?« Ich presse das Handy fest an mein Ohr.

»Bitte vergiss mich nicht.«

»Das tue ich nicht.« Ich schalte das Licht wieder an und gebe schon wieder jemandem ein Versprechen.

13

Ich lege mein Handy neben mich und schalte den Lautsprecher ein. »Mitten in der Nacht habe ich Schüttelfrost bekommen.« Ich schnäuze mich. »Und Halsschmerzen«, füge ich hinzu, verschweige aber den hämmernden Schmerz in meiner Stirn, weil ich vor Nils nicht wie ein Jammerlappen wirken will.

»Also bleibst du zu Hause und ich kann mich um dich kümmern, wenn ich heute Mittag wieder da bin?«, fragt Nils und klingt dabei so hoffnungsvoll, dass mein Herz einen Hüpfer macht. Er mag mich wohl wirklich.

»Danke auch für das Mitleid«, bemerke ich trocken.

»Das bekommst du, wenn ich bei dir bin.« Er lacht leise. »Und einen dicken Kuss.«

»Du könntest dich anstecken.« Ich strecke den Arm aus, zu träge, um mich hinzusetzen, und taste nach den Lutschpastillen auf meinem Nachttisch. Dabei streift meine Hand die Lampe der Verrückten. Kurz ruht mein Blick darauf, bevor ich meinen Kopf ins Kissen zurücksinken lasse und die Augen schließe. Ich seufze etwas zu laut.

»So schlimm?«

»Nein, ich bin nur müde. Und ich kann meine Halstabletten nicht finden. Dabei habe ich die Packung ganz sicher auf den Nachttisch gelegt.«

»Ich bringe dir Neue mit.«

»Danke«, flüstere ich, um meine Stimme nicht noch mehr zu beanspruchen und das Kratzen im Hals zu intensivieren. Einerseits freue ich mich darauf, dass Nils kommt und mich versorgt. Auf der anderen hätte ich so viele Fragen, die ich mich aber sicher nicht trauen werde, ihm zu stellen. Immerhin würde er sicher nicht so ein Geheimnis darum machen, wenn es Dinge wären, die ich erfahren darf.

»Ruh dich aus und schlaf ein bisschen. In ein paar Stunden bin ich schon bei dir.«

Mehr als »hmm« bekomme ich nicht mehr raus. Die Unsicherheit nagt an mir.

Wir legen auf. Ich lege mich auf die Seite und schließe meine Augen. Doch nach wenigen Minuten kratzt mein Hals so sehr, dass ich einen Hustenanfall bekomme und runter in die Küche haste, um etwas zu trinken. Dort finde ich zu meiner Erleichterung auch die Halstabletten, die es anscheinend doch nicht bis zu meinem Nachttisch geschafft haben.

Intensiv lutsche ich eine der Tabletten und schlurfe mit einer Tasse Tee wieder hoch in mein Bett.

Vorsichtig, als wäre ich ein zerbrechliches Ei, schmiege ich meinen Rücken an das aufgestellte Kissen am Bettende und starre die Wand vor mir an. Ich muss einfach wissen, was es mit Nils und Philip auf sich hat. Doch ohne Nils zu fragen, werde ich wohl nicht weiterkommen.

Nachdem sich mein Hals beruhigt hat, rutsche ich mit dem Kissen ein Stück runter und positioniere meinen Körper in Embryonalstellung. Ich schließe die Augen und spüre, wie ich einschlafe.

»Mieke. Mieeeeke.« Ich höre eine Stimme flüstern. Immer wieder ruft sie meinen Namen. Als ich schließlich meine Augen öffne, zuckte ich zusammen. Nils hockt neben meinem Bett und schaut mich an.

»Was machst du denn hier – und wie bist du reingekommen?«, blaffe ich ihn halb verschlafen an.

»Ich wollte dich nicht erschrecken, es tut mir leid. Du hast so fest geschlafen und ich bin schon seit einer Stunde hier. Inge hat mich reingelassen, eine nette alte Dame.«

Ich richte mich mühsam auf. Irgendwie fühle ich mich nach dem Schlaf wie durch den Fleischwolf gedreht. Dabei sagt man doch immer, schlafen hilft. Ungläubig blinzle ich Nils an und reibe meine Augen. Vielleicht träume ich nur und er ist noch gar nicht da, denke ich. Doch ich stelle schnell fest, dass es kein Traum ist. Er ist wirklich da und setzt sich gerade zu mir ins Bett. Eigentlich hatte ich mich auf ihn gefreut, doch jetzt ist er mir irgendwie zu nah.

»Kannst du mir vielleicht einen Tee machen?« So bekomme ich wenigstens noch ein paar Minuten für mich, um erst mal wieder klar denken zu können. »Na klar, sehr gern. Welchen möchtest du denn?« Er steht auf, nimmt die Tasse mit und geht runter in die Küche.

»Minze mit Zitrone, der müsste noch neben dem Wasserkocher stehen!«, rufe ich ihm nach. »Ich geh kurz ins Bad.« Ohne seine Reaktion abzuwarten, schleppe ich meinen Körper ins Badezimmer.

Vorm Waschbecken prüfe ich erst einmal, wie zerknautscht ich aussehe, und stelle fest, dass es nicht so schlimm ist, wie ich erwartet hatte. Ich kämme meine Haare kurz durch und binde sie wieder zu einem Zopf. Als ich im Bad fertig bin, wartet Nils schon auf mich. Ich hoffe, er hat nicht die ganze Zeit vor der Badtür gestanden. »Lass uns ins Wohnzimmer gehen«, beschließe ich, weil wir da besser sitzen können. Nils folgt mir, stellt den Tee ab und setzt sich neben mich. Er hebt seinen Arm, so dass ich mich an ihn kuscheln kann. Ich folge der Einladung und fühle mich für einen Moment angenehm geborgen.

Es dauert nicht lang, bis ich fröstle. Er bemerkt es sofort und breitet die Fleecedecke, die über dem Sofa zusammengefaltet hing, über mir aus. »Und, wie geht es deiner Mama?«, frage ich schließlich, um die Stille zu brechen und einen Einstieg zu finden.

»Schon besser. Sie macht gerade eine Phase durch.« Das hat er bereits mehrmals gesagt. Ich überlege, ob ich weiter nachbohre oder es lieber bleiben lasse, und entscheide mich erst einmal für letzteres.

»Wollen wir vielleicht einen Film schauen?« Bei der Frage fällt mir auf, dass ich keine Ahnung habe, auf welche Filme Nils so steht. Der beste Moment, um es herauszufinden. »Klar, worauf hast du denn Lust?« Ich will aufstehen und die Fernbedienung holen, aber er kommt mir zuvor.

»Wusstest du, dass man eine Fernbedienung immer in der Nähe des Sofas platziert?« Er grinst mich dabei so blöd an, dass ich auch schmunzeln muss.

»Tja, das scheint wohl eine Macke von mir zu sein, denn ich lege sie immer auf das Sideboard vor den Fernseher.«

»Solche Flausen werde ich dir schon austreiben.« Er setzt sich wieder zu mir und legt seinen Arm ganz sachte um mich.

»Ich glaube nicht, dass du das schaffen wirst.« Er piekt mich in die Seite und ich muss kichern, auch wenn ich nicht wirklich kitzelig bin an der Stelle.

»Wir werden sehen.« Nils zappt durch die Kanäle und ich bin froh, dass ich nichts aussuchen muss.

Ich öffne meine Augen und stelle fest, dass ich auf dem Sofa eingeschlafen bin. War Nils nicht gerade noch bei mir? Oder habe ich das nur geträumt? Es kann kein Traum gewesen sein, es duftet noch nach seinem Parfüm. Aber wo ist er dann? Ich richte mich langsam auf und schaue in Richtung Fenster. Die Sonne geht gerade unter und färbt den Himmel rosarot. Als ich aufstehen will, höre ich, wie meine Tür aufgeschlossen wird. Kurz darauf steht Nils mit Lili an der Leine in der Wohnzimmertür.

»Na Schlafmütze, geht's dir besser?«

Ich bin gerührt, dass er sich erst um mich und dann sogar um Lili gekümmert hat. Er gehört eben doch zu den Guten, auch wenn er mir etwas verschweigt.

»Ja, ich fühl mich nicht mehr so matschig wie heute Mittag. Wie lang habe ich geschlafen?«

Ich höre wie er seine Jacke und seine Schuhe im Flur auszieht, kurz darauf kommt Lili rein und hüpft zu mir auf das Sofa. Ich kuschle sie an mich und wuschle ihr Fell, bis es nicht mehr kalt ist. Die Hündin genießt meine Aufmerksamkeit und leckt meine Hand ab.

»Kurz nachdem ich King of Queens im Fernsehen gefunden habe, bist du eingeschlafen.«

»Das heißt, ich habe vier Stunden gepennt, oh Mann. Dann hatte ich ja gar nichts von dir.« Er kommt ins Wohnzimmer und gesellt sich zu mir und Lili.

»Ich kann zumindest sagen, dass du nicht schnarchst. Und die Kekse sind superlecker. Hast du die gebacken?«

Ich knuffe ihn in die Seite. »Nein, die sind von Inge. Du hast mir hoffentlich welche übrig gelassen?«

»Entschuldige, ich konnte mich nicht zügeln, die waren zu lecker. Leider muss ich jetzt wieder los. Soll ich dir noch einen Tee machen?«

»Nein, nein, schon gut. Es geht mir besser, das schaffe ich also auch allein.« Wir lächeln uns an. Einerseits möchte ich ihn gern küssen, auf der anderen Seite auch wieder nicht. Es fühlt sich unpassend an. Anscheinend sieht Nils das ähnlich, denn er steht auf und ist im Begriff zu gehen.

»Kommst du morgen wieder vorbei? Du kannst auch über Nacht bleiben, wenn du magst?« Oh Gott Mieke, dass klang jetzt echt erbärmlich. Wenn ich krank bin, werde ich immer zum Kleinkind.

»Danke für das Angebot, aber ich finde, unsere erste gemeinsame Nacht sollte etwas anders sein.«

Er schaut um die Ecke aus dem Flur und grinst mich an.

»Ich werde mich morgen an die Dekoration des Schaufensters machen. Danach komm ich vorbei und kümmere mich wieder um dich, wenn du magst.«

»Okay.«

Er kommt nochmal ins Zimmer, gibt mir einen Kuss auf die Stirn und geht zur Haustür. Lili folgt ihm. Sie scheint ihn wirklich zu mögen. »Bis morgen, schöne Frau.«

»Bis morgen«, antworte ich, da ist die Tür bereits ins Schloss gefallen.

14

Hanna stellt vergnügt am Telefon fest, dass sie Nils morgen schön unter die Lupe nehmen kann.

»Aber stell keine blöden Fragen und vor allem nicht über Philip. Wenn er mit mir darüber hätte sprechen wollen, dann hatte er genug Gelegenheiten dazu.« Auch wenn ich Hannas direkte Art liebe, so wäre es mir total unangenehm, wenn sie Nils ausfragen würde. Außerdem könnte er dann denken, dass ich sie darauf angesetzt habe, und das wäre mehr als peinlich.

»Jetzt mach dir mal nicht ins Hemd, ich werde dir deinen Nils schon nicht vergraulen. Aber ein bisschen Smalltalk wird wohl drin sein, wenn du mich schon allein lässt.« Ich kann ihr Grinsen durch den Hörer spüren. Das war ein gefundenes Fressen für Hanna. Ich beruhige mich mit dem Gedanken, dass es vielleicht ganz gut ist, wenn Hanna dem Ganzen auf den Zahn fühlt.

»Tut mir echt leid. Sobald es mir besser geht, bin ich wieder da.«

»Ach Mieke, jetzt ruh dich erst mal aus und werd wieder gesund, ich schaukel den Laden schon. Und zur Not habe ich ja morgen einen Helfer.« Sie kichert und ich verdrehe die Augen.

Als ich kurz darauf auflege, legt sich ein Schleier aus Einsamkeit über mich. Warum ist man auch so angreifbar, wenn man krank ist? Als hätte man seine Gefühle nicht mehr im Griff und sie würden auf einmal verrückt spielen. Wieder denke ich an Philip. Ob er auch gerade einsam ist? Vielleicht bereut er den Spruch mit der Freundschaft ja. Ich widerstehe dem Drang, ihm eine Nachricht zu schreiben, mache mir stattdessen einen Tee und schleppe mich nach oben ins Schlafzimmer.

Ich knipse die Herzhälfte an und schlüpfe ins Bett. Mein Blick bleibt an dem warmen Licht der Lampe hängen. Irgendwie schenkt sie mir Wärme. Die Müdigkeit überkommt mich wieder und ich drehe mich, auf die Seite, ohne das Licht auszuschalten, und gleite in den Schlaf.

Ein Klirren, dann ein Rascheln. Ich schrecke auf und setze mich im Bett kerzengerade hin. Während ich meine Augen reibe, lausche. Es ist jemand im Haus. Ob Nils noch mal vorbeigekommen ist, bevor er in den Laden geht? Dann müsste ihn Inge ja wieder reingelassen haben. Ich schaue auf den Wecker. Es ist acht Uhr morgens. Ich schleiche in den Flur zur

Treppe und sehe einen Schatten. Ein dumpfes Geräusch ertönt, dann läuft der Wasserhahn. Stille. »Nils?«, rufe ich die Treppe runter, ohne mich zu bewegen. »Ah, Schätzchen, du bist wach. Hier ist Inge, deine Nachbarin.«

Erleichtert atme ich aus. Was macht denn Inge hier? Hatte ich sie gebeten, mit Lili Gassi zu gehen? Ich konnte mich nicht daran erinnern. Nun stapfe ich die Treppe runter und sehe, dass Inge den Tisch fürs Frühstück gedeckt hat. Ein Gefühl der Fürsorge überkommt mich.

»Guten Morgen.«

»Guten Morgen! Dein Freund Nils meinte, dass du dich erkältet hast, und hat gefragt, ob ich mich ein bisschen um dich kümmern kann.« Immer noch etwas irritiert lasse ich mich auf einen Stuhl nieder und begutachte die Auswahl auf dem Tisch. Inge hat an alles gedacht. Es duftet herrlich nach frischgebackenen Brötchen. Rührei, Käse, Räucherlachs, Frischkäse, Obst und noch mehr Leckereien stehen auf dem Tisch. Bei dem Anblick meldet sich sogleich mein Magen und knurrt so laut, dass sogar Inge es hören kann. »Nimm dir ruhig schon etwas, der Tee ist gleich fertig.«

Ein bisschen komisch komme ich mir trotzdem vor, auch wenn ich dankbar für das Frühstück bin, denn mein Kühlschrank weint schon, weil er so leer ist. Was ist denn auf einmal in alle gefahren, dass sie das Bedürfnis haben, einfach in mein Haus zu marschieren?

Inge stellt zwei Tassen Tee auf den Tisch und setzt sich zu mir. »Du hättest ruhig den Wasserkocher nehmen können«, bemerke ich am Rande. »Ach Kindchen, ich koche seit ich denken kann Wasser im Topf. Also werde ich das wohl so machen, bis ich sterbe.« Sie lächelt mich an und ich erwidere es.

»Danke Inge.« Sie tätschelt meine Hand und legt sie dann prüfend auf meine Stirn.

»Fieber scheinst du nicht zu haben.«

»Nein, ich hatte nur Schüttelfrost und Halsschmerzen. Aber es ist schon viel besser. Ich habe gestern wirklich viel geschlafen.«

»Dein Freund ist sehr nett und zuvorkommend«, meint Inge auf einmal.

»Ja, er ist sehr liebenswert.«

»Er hat gestern Abend an meine Tür geklopft und gefragt, ob ich dir Frühstück machen könnte. Dann stand er heute Morgen schon wieder vor der Tür mit frischen Brötchen und einer Tüte voller Lebensmittel.« Erstaunt starre ich Inge an. Damit habe ich nicht gerechnet; ich dachte, das Frühstück ging auf Inges Kappe.

Ich suche mein Handy und stelle fest, dass ich es wohl auf meinem Nachttisch habe liegen lassen.

»Ich bin sofort wieder da, ich hol nur schnell mein Telefon.« Inge schlürft völlig entspannt ihren Tee und ich sprinte die Treppen hoch in mein Schlafzimmer.

Guten Morgen, lasst euch das Frühstück schmecken.

Wie süß ist er denn bitte? Er ist also extra losgegangen, war einkaufen und hat dann in aller Herrgottsfrühe alles vorbeigebracht.

Danke, das ist so lieb von dir. Du hättest auch mit uns frühstücken können!

antworte ich ihm. Mit dem Handy in der Hand eile ich wieder runter in die Küche und setze mich grinsend zu Inge.

»Als Gustav noch gelebt hat, ist er früh immer zum Franke Bäcker gegangen und hat Brötchen geholt«, erzählt Inge. Sofort sammelt sich ein Kloß in meinem Hals. Sie muss einsam sein und ihre Enkelin scheint sie auch nie zu besuchen, sonst hätte ich sie sicher schon viel eher mal gesehen.

Eine weitere Nachricht ploppt auf meinem Telefon auf.

Ich kümmere mich lieber um die Schaufenster, je eher ich anfange, desto schneller bin ich fertig.

Ohne zu antworten, lege ich das Handy beiseite und widme meine Aufmerksamkeit meiner Nachbarin.

»Hast du Victorias Freund mal kennengelernt?«, frage ich sie nun und könnte mich ohrfeigen, weil ich schon wieder an Philip denke.

»Der mit dem Optikerladen? Nein, nicht wirklich. Ich weiß nur, dass sie zusammen sind, und kenne ihn vom Sehen.«

Dabei belasse ich das Thema.

»Warum holst du dir kein Haustier? Dann wäre immer jemand da.« Auch wenn ich mich, seit Eric weg ist, immer mal wieder etwas einsam fühle, so ist es doch schön, dass ich Lili habe und nie ganz allein bin.

»Ach das würde mir zu viel Arbeit machen. Ich kann mich nicht mehr so gut bücken, und dreimal am Tag rausgehen zu müssen ist nichts mehr für mich. Wenn ich mich mal für ein paar Stunden um Lili kümmere oder einen Tag ist das in Ordnung. Und nachher überlebt mich das Tier noch, was würde dann aus ihm werden?« So weit hatte ich gar nicht gedacht. Inge ist nicht mehr die Jüngste.

Wir sitzen noch eine Weile schweigend am Tisch, essen und trinken unseren Tee, bis Inge schließlich anfängt, den Tisch abzuräumen. Was ich ihr gleich abnehme, denn das ist mir nun wirklich zu unangenehm.

»Weißt du schon, was du zu Mittag isst?«, fragt sie und schaut mich dabei an.

»Nein, ich dachte, ich bestell mir vielleicht etwas.«

»Ach so ein Quatsch. Ich habe Eintopf gekocht, der müsste jetzt schön durchgezogen sein. Der wird dir helfen, wieder auf die Beine zu kommen.«

Da ich sie nicht vor den Kopf stoßen will und ihr Angebot einfach zu verlockend klingt, nehme ich dankend an.

Lili folgt der alten Dame noch zur Tür und schaut mich dann fragend an, als diese die Tür hinter sich geschlossen hat. »Wir gehen gleich raus, meine Süße, ich muss mich nur schnell umziehen.« Als ob sie es verstanden hätte, setzt sich die Hundedame hin und wartet.

15

Ich kuschle mich auf dem Sofa in eine Decke ein und frage Hanna: »Und, wie läuft´s?«

»Nils ist echt ein Gentleman. Er holt uns gerade etwas zum Mittag beim Chinesen.«

»Und warum flüsterst du dann, wenn er gar nicht da ist?« Ich muss schmunzeln bei dem Gedanken, wie Hanna hinterm Tresen steht und durch die Fenster späht, um nicht von Nils überrascht zu werden.

»Hm, keine Ahnung.« Sie lacht. Dann flüstert sie weiter. »Also pass auf, das glaubst du mir nie.« Ich werde hellhörig und richte mich auf. »Nils und Philip scheinen irgendwie verwandt miteinander zu sein.« Mir stockt kurz der Atem. Wie kann das denn möglich sein? »Aber wie … was … wer …?« Nun bin ich völlig verwirrt. »Wir sind ein bisschen ins Gespräch gekommen, zuerst haben wir über dich und Eric gesprochen …« Ich falle ihr ins Wort. »Wie bitte? Hanna, du sollst doch nicht über so was mit ihm reden.«

»Ja ja, jetzt beruhig dich mal wieder und warte ab. Ich brauchte doch etwas, um mit ihm ins Gespräch zu kommen.« Ich bin fassungslos. »Und da findest du, mein Ex wäre ein passendes Thema?« Stille. Dann ein Knacken. »Mieke, ich muss Schluss machen, Nils kommt zurück.« Bevor ich ein weiteres Wort sagen kann, legt Hanna auf. Sie kann mich doch unmöglich mit so einer Info in der Luft hängen lassen! Und wie kommt sie überhaupt auf die Idee, dass Nils und Philip verwandt sein könnten? Das wäre doch absurd. Warum hätte er Nils dann als einen alten Freund vorgestellt? So langsam frage ich mich, in was für eine Angelegenheit ich da reingeraten bin.

Ich schaue aus dem Fenster, kleine Eiskristalle haben sich an der Scheibe gebildet. Trotz der Kälte liebe ich den Winter. Das habe ich schon immer. Die vielen Schneemänner, Schneefrauen und Skulpturen, die ich im Garten neben dem Haus meiner Eltern gebaut habe. Schlitten fahren, Eislaufen und am Nachmittag mit einer heißen Schokolade vor dem knisternden Kamin sitzen. Dabei fällt mir ein, dass ich dieses Jahr noch nicht einmal meinen liebsten Weihnachtsfilm geschaut habe. Dabei läuft Aschenputtel eigentlich schon Ende November in Dauerschleife.

Ich zappe durch die Fernsehprogramme, schalte schließlich aus und lege die Fernbedienung auf den Glastisch vor mir. Unweigerlich denke ich an Nils. So gesehen ist es schon ziemlich blöd, die Fernbedienung zum Fernseher zu legen. Andererseits nehme ich sie immer direkt von dort mit, wenn ich mich aufs Sofa setze und ich etwas schauen möchte. Und ich weiß immer, wo sie, ist und brauche sie nie zwischen den Sofakissen zu suchen.

Ein Blick auf mein Handy verrät mir die Uhrzeit. Keine Nachrichten oder Anrufe. Nichts. Zu Inge gehe ich erst in einer halben Stunde. Ich schreibe Hanna eine Nachricht.

Hat Nils das wirklich so gesagt?

Dann schreibe ich auch eine an Nils.

Und wie läuft das Dekorieren? Ich hoffe, Hanna quetscht dich nicht zu sehr aus?

Mit einem tiefen Seufzer lege ich das Handy zur Fernbedienung auf dem Tisch und schaue wieder aus dem Fenster.

Mein Handy klingelt. Aufgeregt nehme ich es in die Hand und stelle ernüchtert fest, dass es nur meine Mutter ist.

»Mieke, warum hast du denn nichts gesagt?«

»Hallo Mama, was soll ich dir denn sagen?«

»Na dass du krank im Bett liegst. Ich hätte mich doch um dich gekümmert. Soll ich schnell vorbeikommen?« Ich liebe meine Mama für ihre Fürsorge, aber das wäre dann doch zu viel des Guten.

»Ist schon gut Mama, ich gehe gleich zu meiner Nachbarin und esse Eintopf. Sie hat mich eingeladen, und später kommt Nils noch vorbei und kümmert sich um mich.« Sowie ich den Namen ausgesprochen habe, bereue ich es. Immerhin weiß meine Mama noch nicht offiziell von Nils. »Ach, du meinst deinen neuen Freund? Das ist ja lieb von ihm. Er ist auch ein sehr hübscher junger Mann. Ganz anders als Eric.« Ich ziehe meine Stirn in Falten. »Woher weißt du, wie Nils aussieht? Und woher weißt du überhaupt, dass ich krank bin?« Auf die Antwort bin ich jetzt aber sehr gespannt.

»Wir waren in Laubegast unterwegs und da haben wir einen Abstecher zum Optiker gemacht, um Hallo zu sagen. Hanna hat uns erklärt, dass du krank bist, und dann haben wir deinen neuen Freund kennengelernt.«

Mir wird auf einmal so heiß, dass der Schnee draußen unter meinen Füßen sofort schmelzen würde. Meine Eltern haben meinen neuen Freund kennengelernt und ich war nicht dabei. Peinlicher geht es wohl kaum. Kein Wunder, dass Hanna und Nils nicht antworten. Wie soll ich ihm denn jetzt jemals wieder unter die Augen treten?

»Mieke? Bist du noch dran?«

»Jaja Mama, ich muss nur gleich rüber zum Mittagessen.«

»Okay, dann lass es dir schmecken. Und wir sollen wirklich nicht vorbeikommen?« Ich verdrehe die Augen. Warum nur sind alle auf einmal so versessen darauf mich zu besuchen?

»Nein Mama, ich hab alles, was ich brauche. Aber danke.«

»Na gut, dann lass ich dich mal wieder in Ruhe.«

»Bis dann, Mama.«

Ein Kloß hat sich in meinem Hals gebildet. Ich schlucke trocken, während ich meine Stiefel und meinen Mantel überziehe, um zu meiner Nachbarin zu gehen. Lili stupst mein Bein an und schaut mich mit ihren großen Dackelkulleraugen an. »Willst du mit?«, frage ich sie und überlege, ob es okay wäre für Inge. Dann entscheide ich mich, sie einfach mitzunehmen, immerhin hatte Inge Lili schon öfter bei sich. Zudem herrscht im Haus eh gerade eine merkwürdige Stimmung und das, obwohl nur wir beide hier sind. Und eine neue Erkenntnis, die mich alles in Frage stellen lässt. Warum hat Nils dieses winzig kleine Detail nicht mit einer Silbe erwähnt? Und warum verschweigt er es mir, um es dann Hanna zu erzählen? Ich habe keine Lust mehr auf dieses Ratespiel. Vielleicht hätte ich ihn im Milchregal stehen lassen sollen. Ich muss schmunzeln, als ich an Alinas Worte und den Vergleich mit der Milch denke. Gleichzeitig zeigt es mir, dass sie wohl recht hatte. Ich sollte es ein für alle Mal lassen, mir immer wieder neue Beziehungen ans Bein zu binden. Es geht ja doch schief. Und die wahre Liebe … tz, die gibt es einfach nicht. Zumindest nicht für mich.

»Na komm Lili, Inge hat bestimmt auch etwas zu knabbern für dich.«

Auf meiner Treppe zieht es mir die Füße weg und ich knalle auf den Hintern. Schmerzverzerrt schaue ich Lili an. »So eine Scheiße. Was soll denn heute noch alles passieren?« Bloß gut, dass mein Vater so umsichtig war und Streusalz mitgebracht hat. Sobald ich von Inge zurückkomme, werde ich streuen. Mühsam stehe ich auf und lege die Hand auf meine rechte Pobacke. Autsch. Lili bellt und hüpft aufgeregt neben mir herum.

Inges Tür öffnet sich und ich schreie: »Stopp, nicht auf die Stufen gehen. Die sind rutschig.« Inge bleibt erschrocken stehen und schaut mich an. Ich schleiche vorsichtig über den Gehweg und ihre Treppe hoch und bin froh, nicht noch einmal zu stürzen. »Hast du dir sehr weh getan?«, fragt sie mich.

»Nein, schon gut. In ein paar Minuten geht es sicher wieder. Ich streue dann gleich bei dir und bei mir.«

»Das ist sehr lieb von dir. Gustav hat sich immer darum gekümmert. Und jetzt kommt erst mal rein.«

Im Flur angekommen strömt ein köstlicher Duft aus der Küche in meine Nase und gleich darauf meldet sich mein Magen zu Wort. Das Wasser läuft mir im Mund zusammen.

»Das duftet himmlisch.«

»Mein Gustav hat diesen Eintopf immer besonders gern gemocht.« Ich folge ihr in die Küche und setze mich an den gedeckten Tisch. Für einen kurzen Moment habe ich den Schmerz vergessen, der sich nun wieder meldet, als ich meinen Hintern auf dem Stuhl platziere. Aua. Ich verziehe das Gesicht.

»Sollen wir vielleicht doch mal schauen? Ich hab auch Schmerzgel da, das wirkt Wunder.« Es liegt mir fern, meiner Nachbarin mein Hinterteil hinzuhalten, auf der anderen Seite ist sie auch eine Mama. Gewesen. Ich muss an ihre Tochter denken. Es berührt mich immer noch.

»Also gut.« Ich stehe wieder auf und ziehe meine Jogginghose in Zeitlupentempo herunter. Ein riesiger rot leuchtender Fleck kommt zum Vorschein. »Oh, der wird sicher blau«, bemerkt Inge und beginnt sogleich, ihre Schmerzsalbe auf die Stelle zu reiben. Zuerst wirkt das Gel kühlend und zieht dann schnell ein. Vorsichtig ziehe ich meine Hose wieder hoch und setze mich auf den Stuhl.

»Mieke, könntest du mir zeigen, wie man damit umgeht?«

Inge steht auf einmal mit einem Laptop in der Hand vor mir. Mit großen Augen schaue ich die alte Dame erstaunt an. »Victoria hat ihn mir geschenkt und meinte, damit könnte ich online bestellen und die bringen mir dann alles nach Hause. Nur wie es funktioniert hat sie mir nicht gezeigt. Sie musste schnell wieder los.«

Kann diese Frau sich unsichtbar machen oder warum sehe ich sie nie, wenn sie hierherkommt?

»Hast du denn einen Internetanschluss?«

»Brauch ich das denn? Ich habe einen Telefonanschluss. Geht es damit auch?« Ich muss schmunzeln. Inge ist so süß.

»Nein, man braucht einen Internetanschluss, aber keine Sorge, wir verbinden den Laptop einfach mit meinem WLAN. Ich zeige dir nachher gern, wie alles funktioniert.« Inge grinst bis über beide Ohren und stellt den Laptop erst mal beiseite. Dann füllt sie zwei Teller mit dem herrlich duftenden Eintopf, stellt sie auf den Tisch und setzt sich zu mir. »Na, tut es noch weh?« Tatsächlich habe ich gar nicht mehr an den Schmerz gedacht und zu meiner Erleichterung ist er fast abgeklungen. »Ich merke es kaum noch. Sogar das Pochen hat nachgelassen.« Inge lächelt zufrieden und schlürft die Suppe von ihrem Löffel.

Ich wünschte, meine Omi wäre noch am Leben. Victoria sollte sich mehr Zeit für ihre nehmen, solange sie noch da ist.

Nach dem Essen setzen wir uns ins Wohnzimmer und Inge schaltet den Fernseher ein.

»Kennst du Sturm der Liebe?« Ich schüttle den Kopf, was Inge dazu veranlasst, mich aufzuklären. Sie schmeißt mit Namen und Orten um sich, klärt Intrigen auf und verrät mir ihre Theorien, was sie glaubt, wer wohl mit wem eine Affäre hat. Ich kann ihr nicht folgen, nicke aber höflich, weil ich sie nicht vor den Kopf stoßen möchte. »Das solltest du auch mal schauen, einmal angefangen kommst du nicht mehr davon weg.« Ich nicke und lächle ihr zu. Auch wenn ich nicht der Typ für schmalzige Liebesschnulze bin, finde ich die Situation gerade sehr amüsant. Während wir gespannt auf den Bildschirm schauen, öffnet sie eine Keksdose und reicht sie mir. Sofort strömt ein köstlicher Duft in meine Nase. Ich nehme mir einen Keks, beiße ab und könnte stöhnen, so lecker ist er. Jetzt verstehe ich, warum Nils alle aufgegessen hat. »Wir backen eigentlich auch jedes Jahr Kekse, aber die hier … da kommen unsere nicht ran.« Der Keks ist schnell verputzt und ich schnappe mir gleich noch einen.

»Das Rezept ist noch von meiner Mama und wahrscheinlich hat sie es von ihrer«, erzählt Inge. »Wir geben es seit Jahrzehnten an die nächste Generation weiter. Nur leider fürchte ich, wird das nun wohl ein Ende finden. Victoria hat noch nie mit mir Kekse gebacken.«

Ich sehe ihre Augen glitzern und würde sie am liebsten in den Arm nehmen.

16

Nachdem *Sturm der Liebe* vorbei war, habe ich mich wieder zu mir zurückgezogen, damit Inge ihren Mittagsschlaf halten kann. Den ich, wenn ich ehrlich bin, auch vertragen könnte. Nun möchte ich allerdings erst mal den Laptop, den sie von ihrer Enkelin bekommen hat, mit meinem WLAN verbinden.

Das ist schnell erledigt. Ich lege Inges Laptop beiseite, zünde eine nach Vanille duftende Kerze an und entschließe mich, endlich zum ersten Mal in diesem Jahr Aschenputtel zu schauen. Ich liebe die Szenen, in denen das *Moritzburger Schloss* zu sehen ist. Mit einer Wärmflasche und meiner Decke kuschle ich mich auf dem Sofa ein und versinke in der Geschichte mit der tollen Musik und der Schneelandschaft.

Zum Ende werfe ich einen Blick auf mein Handy. Fast halb vier. Der Laden hat bis sechs geöffnet, und wenn viel los ist, werde ich sicher erst nach Feierabend von Hanna hören. Und auch Nils scheint noch beschäftigt zu sein. Ich habe ehrlich gesagt keine Lust, ihn zu sehen und überlege, wie ich es verhindern kann, dass er vorbeikommt.

Draußen schneit es. »Oh nein!«, entfährt es mir, und Lili, die es sich eben neben mir gemütlich gemacht hat, hebt erschrocken den Kopf. »Ich habe vergessen, den Fußweg und die Treppen zu streuen.« Sofort springe ich auf, ziehe mir erneut Stiefel, einen Schal und meinen Mantel an und will mir den Sack mit dem Streusalz schnappen. Als ich versuche, ihn anzuheben, spüre ich ein heftiges Ziehen im Rücken. Wenn man krank ist, haut einen sogar ein Zwanzig-Kilo-Sack aus den Schuhen.

Kurzerhand gehe ich in die Küche und überlege, was ich nehmen könnte, um das Salz draußen verteilen zu können. Mein Blick bleibt am Messbecher hängen. Perfekt. Mit einer Schere und dem Becher bewaffnet geht es dem blöden Sack jetzt an den Kragen. Ich schneide ihn auf und tauche den Becher ein, bis er randvoll ist. »Lili, du bleibst da – sitz!«, fordere ich die Hundedame auf.

Ein kräftiger Windhauch bläst mir Schnee ins Gesicht. Ich sehe auf meine Treppe. Alles weiß. So wird das nichts mit dem Streuen. Ich seufze. Direkt neben der Treppe meines Hauses hat mein Vater einen Minischuppen gebaut. Dort stehen die Winterschaufel, ein Besen und ein paar Utensilien für den kleinen Garten vor dem Haus. Vorsichtig stakse ich die Stufen nach unten und frage mich, warum ich mich damals gegen ein neues Geländer entschieden habe, als das wackelige alte entfernt wurde.

Das Schneeschieben wirkt sich positiv auf mein Gemüt aus. Es ist, als würde ich nicht die weiße Masse wegschieben, sondern meine schlechte Laune. All diese dummen Gedanken, die ich mir mache, seitdem Philip uns die nicht vorhandene Freundschaft gekündigt, Nils in mein Leben getreten ist und Philip sich einfach aus dem Staub gemacht hat.

Ich atme die kühle frische Luft tief ein, was ein Kratzen im Hals auslöst und mich zum Husten bringt. Es ist wohl noch zu früh für solche Aktionen. Nachdem ich auch Inges Treppe und den Fußweg vom Schnee befreit habe, schmerzt mein Hals und ich fühle mich, als hätte ich einen Marathonlauf hinter mir.

Mit letzter Kraft verteile ich das Salz auf den Stufen, dem Gehweg und auch auf Inges Treppe. Schleppe mich wieder ins Haus und versuche, einen erneuten Hustenanfall zu unterbinden, was mir nicht gelingt.

Ich kuschle mich auf dem Sofa ein und kraule Lili, die sich wieder neben mich gelegt hat. Meine Augen werden schwer, und obwohl ich dagegen ankämpfe, spüre ich, wie ich einschlafe.

Ein Klopfen. Wieder und wieder. Irgendwo in der Ferne klopft etwas gegen Holz. Ein Specht? Nein, so klopft kein Specht. »Mieke, bist du da?« Zum Klopfen hat sich ein Geräusch dazugesellt.

Ich schrecke hoch und schaue mich um. Ich liege in eine Decke gehüllt auf dem Sofa. Draußen ist es dunkel. Lediglich die

Straßenlaterne spendet etwas Licht. »Mieke, ist alles in Ordnung?«

Es war doch kein Traum und die Stimme klingt nach Nils.
»Warte, ich komm ja schon!«, brülle ich zurück.

Ich stapfe zur Tür, öffne sie und werde sofort von der eisigen Kälte eingehüllt. Ich zerre Nils rein, um die Tür schnell wieder zu schließen.

»Ist alles okay?«

»Ja, ich hab geschlafen. Was soll denn schon sein? Ich bin immer noch erkältet, habe heute mit den Schneemassen auf dem Gehweg gekämpft und ihn gesalzen.« Nils schaut mich etwas irritiert an. Ein Schmunzeln zeichnet sich auf seinen Lippen ab. Seine Lippen. Seine starken Arme. Sein Geruch. Ich spüre einen Moment der Schwäche, wo ich doch eigentlich stocksauer auf ihn bin und absolut nicht verstehe, warum er mir nicht erzählt hat, dass er und Philip verwandt sind. Wieder ringe ich mit mir, ihm endlich all meine Fragen zu stellen. Und doch hält mich irgendeine innere Kraft davon ab. Wahrscheinlich mein Schutzengel, der sich denkt, dass ich es nicht schon wieder versemmeln soll, weil Nils ja so ein toller Kerl ist. Hat nicht jeder Mensch seine Macken? Soll ich ihn wirklich abweisen, nur weil er es nicht erzählt hat? Wann immer Nils bei mir ist, versuche ich das Thema Philip außen vor zu lassen, dabei ist und bleibt Philip Bestandteil meines Lebens. Immerhin arbeite ich für ihn.

Ohne Nils zu begrüßen, gehe ich ins Wohnzimmer. Er folgt mir. Schweigend sitzen wir nebeneinander. Jeder scheint in seine Gedanken vertieft zu sein.

»Ha, das ging ja schneller, als ich dachte.« Ich ziehe meine Augenbrauen hoch und schaue ihn an.

»Na die Fernbedingung liegt da, wo sie sein sollte.« Ich rolle mit den Augen. Andere Sorgen hast du wohl nicht, denke ich und spüre, wie die Wut, die für einen kurzen Moment vergangen war, wieder da ist.

»Warum hast du nicht gesagt, dass Philip und du irgendwie verwandt seid?«, platzt es aus mir heraus.

Er seufzt. »Da war Hanna aber schnell … Wir sind Stiefbrüder, oder waren es zumindest für kurze Zeit. Aber das hat überhaupt keine Bedeutung.«

»Für mich hat es das wohl.« Ich verschränke die Arme vor der Brust.

»Und warum? Meine Mutter war für eine kurze Zeit mit Philips Vater verheiratet. Das Ganze hat nicht lang gehalten, warum sollten wir das also an die große Glocke hängen?« Er scheint echt sauer zu sein.

Auf einmal erscheinen mir mein Groll und meine Wut völlig unpassend. Macht es wirklich einen Unterschied, ob sie verwandt sind oder nur Freunde? Meine Augen füllen sich mit Tränen. »Mieke … Es tut mir leid, ich wollte dich nicht so anfahren. Es ist alles ein bisschen kompliziert. Philip und ich reden nicht gern darüber.«

»Ist schon gut. Ich weiß auch nicht, warum ich so reagiert habe. Es ist einfach, als ob da etwas zwischen uns steht.« Endlich traue ich mich, es auszusprechen, und eine kleine Last fällt von mir ab.

Nils rückt näher zu mir und nimmt mich in den Arm. Ich lasse es zu und atme seinen Duft tief ein, spüre seine muskulöse Brust. Er könnte der Richtige sein. Könnte er wirklich, und vielleicht würde ich ja doch irgendwann einmal für ihn sterben wollen. Ich schau zu ihm auf, sehnsüchtig nach einem Kuss, ein wenig Zärtlichkeit und Liebe. Er schaut mir in die Augen und küsst meine Stirn. »Ich kann leider nicht bleiben. Aber morgen, da komme ich eher vorbei, wenn du möchtest. Die Deko in den Schaufenstern ist so gut wie fertig, es fehlen nur noch ein paar kleine Details, die ich noch schnell besorgen möchte.«

»Aber die Geschäfte machen doch gleich zu«, stelle ich etwas misstrauisch fest. Was, wenn er mir wieder Mist erzählt?

»Ich fahre zum Großmarkt, der hat länger offen.«

Ich nicke nur stumm. Er steht auf und geht in den Flur. Ich höre den Reißverschluss seiner Jacke. Dann schaut er um die Ecke ins Wohnzimmer und wirft mir eine Kusshand zu. »Bis dann, meine Hübsche, hab noch einen schönen Abend.« Er geht und ich flüstere ihm hinterher: »Bis dann.«

Ich schlinge meine Arme um meine Beine und wippe vor und zurück, bis mein Handy klingelt.

»Hey, Krankenbesuch, Alina und ich sind schon auf dem Weg zu dir«, erklärt Hanna freudig am Telefon.

»Manchmal denke ich, du kannst Gedanken lesen. Kann Alina denn wieder gehen?«

»Ja das geht schon, sie humpelt nur ein bisschen. Ist Nils noch da?«

»Nein, der will zum Großmarkt. Behauptet er zumindest.« Am liebsten würde ich diese ganze dumme Nilsgeschichte einfach vergessen. Wäre ich doch nie mit ihm ausgegangen, dann würde ich mich jetzt nicht so merkwürdig fühlen.

»Oh oh, das klingt nach Ärger im Paradies. Wir reden gleich.«

»Bis gleich.«

Ich lege das Handy zurück auf den Tisch und beschließe, mit Lili noch eine kleine Runde ums Haus zu gehen. Bei der Kälte friert auch meine Hundedame nach kurzer Zeit.

Die eisige Luft zieht mir direkt in die Nase, und es fühlt sich an, als würden meine Nasenhaare gefrieren. Dennoch tut es gut und so atme ich ein paar Mal tief ein und aus. Dieses Mal bleibt sogar der Husten aus.

Lili scheint nicht besonders angetan von dem Matsch, den der Schnee hinterlassen hat, und so will sie bereits am vierten Hauseingang wieder kehrtmachen.

»Na dann komm, lass uns wieder reingehen.«

Bevor die Dackeldame alles mit ihren Pfoten nass macht, trockne ich ihr Fell mit einem Handtuch.

Ich schalte die Lichterkette an den Fenstern an und zünde ein paar Kerzen an, um für etwas Gemütlichkeit zu sorgen. Als ich gerade Wasser für Tee aufsetze, klingelt es auch schon an der Tür.

»Schnell, schnell, bevor die Kälte reinzieht«, scheuche ich Hanna und Alina in den Flur, damit ich die Tür wieder schließen kann. »Warum lässt du auch immer die Wohnzimmertür offen?«, fragt Hanna.

»Weil die Zimmer dann offener und größer wirken.«

»Du verschwendest einen Haufen Energie damit.« Ich ziehe die Augenbrauen hoch und schau Hanna dabei an. »Echt jetzt? Eine Aufklärung zum Thema Energie?« Sie knufft mich in die Seite und zieht mich dann in eine Umarmung. »Du bist doch nicht mehr ansteckend oder?« Ich gebe ihr einen Kuss auf die Wange. »Und wenn doch, hast du es jetzt definitiv auch.« Wir lachen. Alina humpelt auf mich zu und drückt mich ebenfalls.

»Danke, dass ihr da seid.« Schon wieder erfasst mich ein Gefühlsausbruch und ich spüre Tränen aufsteigen. Was ist denn nur los mit mir?

»Ach Süße, du weißt doch, wir sind immer für dich da.« Hanna geht mit ihrer überdimensional großen Handtasche in die Küche und ich höre Flaschen klirren. »Was hast du denn bitte vor?«

»Glühwein trinken, natürlich. Wir haben dieses Jahr noch nicht ein Mal Glühwein auf dem *Striezelmarkt* zusammen getrunken.« Mit einem Grinsen folge ich ihr in die Küche, krame einen Topf aus dem Schrank und kippe den Inhalt der Flaschen hinein.

»Es tut mir leid, dass ich dich mit der Info von Nils und Philip allein gelassen habe. Erst kam Nils wieder, dann waren deine Eltern da und dann kamen ständig Kunden, als gäbe es kein Morgen.«

»Schon gut, du kannst ja auch nichts dafür. Danke, dass du es mir gesagt hast. Obwohl ich nicht wissen will, wie du überhaupt an die Info gekommen bist.« Sie grinst mich an und greift erneut in ihre Tasche, die wie es scheint, noch mehr Überraschungen bereithält. Es raschelt, eine Tüte mit gebrannten Mandeln kommt zum Vorschein und der Duft zieht mir sofort in die Nase.

»Wenn wir schon nicht dazu kommen, auf den Weihnachtsmarkt zu gehen, kommt der Markt eben zu uns.« Glücklich nehme ich die gigantische Tüte entgegen und lege sie auf den Tisch im Wohnzimmer, wo Alina es sich gemütlich gemacht hat. Ich hole ein Kissen vom Sessel, lege Alinas Bein darauf und hülle sie in eine Decke. Dankbar wirft sie mir einen Kussmund zu. »Ich hab noch ein Wundermittel.« Auf dem Tisch in der Küche liegt die Salbe gegen Schmerzen, die mir Inge mitgegeben hat. Zum Glück ist mein Ausrutscher auf der Treppe nicht so sichtbar, wie anfangs gedacht. Lediglich ein klein wenig grünlich ist die Stelle geworden. Vielleicht liegt es an der Salbe, denke ich.

»Hier.« Triumphierend halte ich die Tube in die Höhe und setze mich zu Alina. »Wie cool, die habe ich auch vom Arzt bekommen, nur bin ich heute noch nicht dazu gekommen, sie drauf zuschmieren.«

»Na dann, Frau Doktor Mieke verarztet Sie jetzt.« Wir lächeln uns an und während ich den Knöchel mit Salbe einreibe, bringt Hanna einen Teller voller Kekse, drei mit Schokolade umhüllten Äpfeln und Lebkuchen zu uns. »Damit meine Invaliden bald wieder gesund sind.«

Der Duft von Zimt, Nelken und Anis schwebt durch den Raum. Kurz darauf gesellt sich Hanna mit drei dampfenden Tassen zu uns. Doch es sind nicht irgendwelche Tassen, sondern originale Striezelmarkt-Weihnachtstassen. »Wo hast du die denn geklaut?« Sie grinst mich überlegen an.

»Geklaut – … tzzz. Die habe ich gekauft. Wenn schon, dann das ganze Programm.«

Eingekuschelt unter Alinas Decke sitze ich am Fußende des Sofas, während es sich Hanna vor uns auf einem Kissen gemütlich gemacht hat.

»Und nun erzähl, was hat Nils gesagt, als er hier war? Hast du ihn überhaupt darauf angesprochen?« Ich seufze.

»Ja das habe ich. Er war sauer, weil ich so wütend war, dass er mir so eine Information verheimlicht hat. Er hat es nicht so eng gesehen und gemeint, dass es keine große Sache sei, weil seine Mutter mit Philips Vater nur kurze Zeit verheiratet war und mehr nicht.« Hanna pustet in ihre Tasse, nimmt dann einen Schluck und verzieht das Gesicht. »Heiß.« Wir müssen lachen, weil es so niedlich aussieht, wie sie dasitzt, im Schneidersitz mit Lili auf dem Schoß. »Am Ende ist es seine Sache, und wenn er einfach noch nicht so weit war oder ihr noch nicht soweit seid in eurer Beziehung, ist das eben so«, meint Alina.

»Aber was sagt das über unsere Beziehung aus, dass er Hanna davon erzählt, mir jedoch nicht?«

Alina schaut mich an und ich kann mir denken, was sie sagen will. Doch sie spricht es nicht aus, was mir ganz recht ist. »Und nun?«, will Hanna wissen. »Tja, nun überlege ich, wie ich aus der Nummer wieder raus komme. Auch wenn ich von meinen Gefühlen hin und hergerissen bin, denke ich, dass Alina recht hat. Es war noch zu früh und es ging wie immer viel zu schnell.« Nun habe ich es ausgesprochen und bin endlich einmal ehrlich zu mir selbst. Nils ist nicht der Richtige.

17

Alina scheint nicht zufrieden zu sein mit meiner Entscheidung.

»Willst du dem Ganzen nicht noch etwas Zeit geben, bevor du alles wegwirfst?«

»Ach Alina, wenn ich ganz ehrlich bin, ist Nils nicht derjenige, mit dem ich zusammen sein will. Also schon irgendwie, aber ihr wisst so gut wie ich, dass es da noch jemanden gibt, der immer wieder in meinem Kopf rumspukt.«

»Philip!«, sagen die beiden im Chor.

»Ja.« Immer wieder habe ich mir eingeredet, dass ich nur so fürsorglich denke, weil er mein Freund ist. Doch ihn mit Victoria zu sehen, und seine Erklärung, dass wir keine Freunde sind und zum Schluss noch seine Nachricht, all das hat etwas in mir ausgelöst, immer und immer wieder. Und es wird immer stärker, je mehr ich versuche, mich dagegen zu wehren. Es bringt nichts mehr, es zu leugnen, und doch traue ich mich nicht, es laut auszusprechen.

Um die Stille im Raum zu beenden, schalte ich den Fernseher ein. Passend zum Thema lande ich direkt bei einem weihnachtlichen Liebesfilm.

»Und was ist mit der zweiten Hälfte deiner Kristalllampe?«

»Was soll damit sein?«

»Na willst du denn gar nicht wissen, wer die zweite Hälfte hat?« Ich denke kurz nach, denn um ehrlich zu sein, hatte ich das völlig vergessen. »Wie sollte ich denn die zweite Hälfte finden? Wenn es überhaupt wirklich eine gibt. Vielleicht hat sich die alte Frau einfach einen Scherz erlaubt.«

»Vielleicht aber auch nicht. Hat sie nicht gesagt, dass die Lampe dich finden wird?«

»Ja, so was in der Art. Aber ganz ehrlich, wie soll das denn gehen?« Alina hat ihren In-der-Liebe-ist-alles-möglich-Blick aufgesetzt. »Du bist und bleibst eine hoffnungslose Romantikerin.« Wir lachen und schauen den Film zu Ende, in dem natürlich die Frau am Ende ihre wahre Liebe findet, für die sie wahrscheinlich sogar sterben würde. Der Glühwein ist alle und auch der Süßkram geht zur Neige. Es ist spät geworden. Alina gähnt und streckt sich. »Darf ich den dritten Apfel für Britta mitnehmen?«

»Na klar, der war doch eh für dich.«

»Und, geht's denn den Kranken besser?« Hanna schaut dabei abwechselnd zu mir und zu Alina.

»Ja!«, sagen wir grinsend gemeinsam. »Das war ein wirklich schöner Abend. Danke euch.« Wir umarmen uns und Hanna legt ihren Arm um die humpelnde Alina. Gemeinsam gehen sie in die dunkle Nacht hinaus und zurück bleibt ein Gefühl tiefer Verbundenheit. Denn egal wie viele Beziehungen ich schon in den Sand gesetzt habe oder es noch werde, meine Freundinnen werden immer bleiben.

Ich räume noch ein bisschen auf und gehe dann zusammen mit Lili hoch ins Bett. Ich schalte die Kristalllampe an und frage mich, ob es wirklich eine zweite Hälfte gibt. Kurz darauf schlafe ich auch schon ein.

Die Vögel zwitschern, die Sonne scheint zum Fenster herein und es duftet wunderbar nach Frühling. Neben mir im Bett liegt … Philip … Ich schrecke hoch und schaue neben mich. Es war nur ein Traum. Draußen ist es noch dunkel. Der Wecker verrät mir, dass es erst halb sieben ist. Lili streckt sich neben mir und versucht, unter die Decke zu kriechen. Die Lampe war die ganze Nacht eingeschaltet, stelle ich ernüchtert fest. Und was war das bitte für ein bescheuerter Traum?

Ein schönes Schaumbad wäre jetzt genau richtig. An Schlaf ist nicht mehr zu denken und für alles andere ist es definitiv noch zu früh. Lili hingegen scheint noch nicht aufstehen zu wollen und kriecht noch weiter unter die Decke.

Im Bad drehe ich das Wasser auf, gebe ein wenig Erkältungsbad hinein und atme den Geruch der ätherischen Öle tief ein. Ich schaue zu, wie sich Schaum bildet und kurz darauf die ganze Badewanne darunter verschwindet. Ich zünde ein paar Ker-

zen an und starte ein Hörbuch, das ich vor Ewigkeiten angefangen habe zu hören, und lege mein Handy auf den Hocker
neben der Wanne. Als ich in das wohlig warme Wasser steige,
spüre ich sofort, wie sich die Anspannung von mir löst. Langsam sinke ich in das Wasser, bis alles außer meinem Kopf bedeckt ist, und lausche dem Hörbuch. Die Augen zuzumachen
traue ich mich allerdings nicht, aus Angst, ich könnte doch
wegnicken, und so beobachte ich die Kerzen und atme ganz
entspannt ein und wieder aus.

Als ich aus der Wanne steige, fühle ich mich so erholt wie lange nicht. Warum habe ich nicht schon früher ein Bad genommen? Die Morgendämmerung setzt ein und ich kann den Ne-
bel durch die Straßen ziehen sehen. Es hat nicht noch mal ge-
schneit und der Schnee von gestern ist nicht liegen geblieben,
was ich sehr begrüße, denn sonst hätte ich jetzt erst mal Schnee
schippen müssen. Ich bemerke, dass meine Halsschmerzen
komplett verschwunden sind und es auch meinem Kopf besser
geht. Vielleicht sollte ich Hanna im Laden unterstützen. Auf
der anderen Seite habe ich absolut keine Lust, auf Nils zu treffen.

Ich beschließe, meine Freundin im Laufe des Tages zu fragen,
ob sie Hilfe braucht. Vielleicht ist er dann schon fertig und ich
laufe ihm nicht über den Weg. Seitdem er gestern gegangen ist,
habe ich nichts mehr von ihm gehört. Keine Nachrichten wie
sonst. Auch ich habe nicht das Bedürfnis, ihm zu schreiben.

Inge kommt mir in den Sinn. Ihr Gustav hat immer Brötchen
geholt. Vielleicht sollte ich mich heute um ihr Frühstück kümmern. Sicher würde sie sich sehr darüber freuen.

Ich ziehe mich an. »Lili!« Die Hündin kommt unter der Decke
hervor, gähnt und schaut mich dann fragend an. »Wollen wir

gleich rausgehen?« Mit einem Schwanzwedeln befürwortet sie meine Idee und folgt mir nach unten. Ich ziehe Lili einen Pullover mit aufgestickten Weihnachtsmännern an, ziehe mir meine Stiefel und meinen Mantel an und schnappe mir meine Tasche.

Draußen nehme ich einen langen Atemzug und spaziere mit Lili zur Elbwiese.

Danach gehen wir die Gasse hoch bis zur Hauptstraße und reihen uns in der Schlange, die vor dem Bäcker steht, ein. Wahnsinn, wie viele Leute so früh schon auf den Beinen sind!

Mit einem riesigen Beutel Brötchen klopfe ich an Inges Tür. Kurz überlege ich, ob es noch zu früh sein könnte. Doch dann fällt mir ein, dass meine Nachbarin eigentlich immer sehr zeitig wach ist.

Die Tür öffnet sich zaghaft und die alte Dame schaut um die Ecke. »Mieke, was machst du denn hier?« Ich halte den Beutel in die Höhe und ein Lächeln breitet sich auf ihrem Gesicht aus. »Ich dachte mir, wenn du Lust hast, wiederholen wir unser Frühstück.« Sie winkt Lili und mich rein.

Kurze Zeit später duftet es herrlich nach frischem Kaffee und das Radio spielt leise All I Want For Christmas Is You von Mariah Carey im Hintergrund. Auch Inge hat nun schön weihnachtlich geschmückt, nur ein Baum fehlt noch, denke ich, während ich den Tisch decke.

Lili legt sich direkt auf ihren Hundeplatz, einem riesigen Kissen, das Inge vor langer Zeit extra für sie besorgt hat. Inge kommt mit einem Tablett, auf dem sich der Brotkorb und die Kaffeekanne sowie Butter, Marmelade und ein Teller mit Wurst und Schinken befinden. Sie überreicht Lili ein Schweinsohr, worauf sie sofort beginnt daran herumzukauen. Ich muss schmunzeln bei den Schmatzgeräuschen.

»Und, geht es deinem Hintern besser?« Inge schenkt uns Kaffee ein. Ich sauge den belebenden Duft tief ein.

»Oh ja, deine Salbe hat Wunder bewirkt. Es ist so gut wie verschwunden.« Sie lächelt mich an und dann schweigen wir beide, während wir unsere Brötchen schmieren.

»Inge …?«, frage ich nach dem ersten Bissen. »Hattest du viele Männer, bevor du Gustav kennengelernt hast?« Sowie ich die Frage ausgesprochen habe, würde ich sie gern sofort zurücknehmen. Doch die alte Dame scheint es überhaupt nicht zu stören, dass ich sie über ihr Liebesleben ausfrage.

»Nein, Gustav war mein erster Freund und dann haben wir geheiratet.« Ich hatte schon einige Männer in meinem Leben. Als könnte sie meine Gedanken lesen, spricht sie weiter. »Das waren damals aber auch ganz andere Zeiten. Da war es normal, früh zu heiraten und dann auch zusammenzubleiben. Bis dass der Tod euch scheidet eben. Heute ist das doch alles viel lockerer.« Und trotzdem scheint sie sehr glücklich und zufrieden gewesen zu sein mit ihrem Gustav.

»Hast du es bereut, so früh geheiratet zu haben? Ich meine, was wenn dann doch noch ein anderer gekommen wäre?« Okay Mieke, so langsam solltest du deine Zunge zügeln.

»Gustav und ich waren füreinander bestimmt. Ich hatte nie Augen für andere Männer und er nicht für andere Frauen. Aber wie gesagt, das waren andere Zeiten.« Sie lächelt mir zu. »Bist du denn nicht glücklich mit deinem Freund? Wie hieß er doch gleich?« Ich schaue etwas beschämt auf den Tisch. »Ich habe die ganze Zeit das Gefühl, dass etwas zwischen uns steht. Oder jemand. Ich weiß es nicht. Ich habe einfach das Gefühl,

dass die wahre Liebe nicht existiert. Jedenfalls nicht für mich.«
Inge hat sich inzwischen zu mir gesetzt und tätschelt meine
Hand. »Weißt du, ich habe gelernt, dass manche Menschen dazu da sind, dass wir etwas lernen dürfen. Und daher sind manche eben nur kurz in unserem Leben und andere länger.« Ihr
Blick wirkt verträumt. »Liebe ist nicht immer perfekt. Manchmal ist sie unvollkommen und manchmal auch schmerzhaft.
Aber sie ist trotzdem da. Und genau das macht sie so besonders und wertvoll.«

Ich denke nach, vielleicht ist die wahre Liebe ja für jeden etwas anderes. Und vielleicht war das mit Eric doch schon mehr,
nur dass ich es nicht gesehen habe oder sehen wollte. Und vielleicht ist er deswegen in den Armen einer anderen Frau gelan-
det, weil ich es nicht so ernst genommen habe.

18

Ich rufe im Laden an und frage Hanna, ob sie meine Hilfe braucht.

»Heute ist nicht viel los und es ist ja auch gleich Feierabend, du kannst also deine Hexe … ich meine natürlich wunderliche Frau suchen gehen«, meint Hanna. »Denkst du wirklich, du findest sie? Und wenn ja, was erhoffst du dir davon?« Ich kann ihre Neugier durchs Telefon hindurch hören.

»Keine Ahnung, so richtig weiß ich das auch noch nicht. Ich schätze mal, ich hoffe, dass sie mir mehr verraten kann, was die andere Lampe angeht. Ich meine, sie hat mir die eine Hälfte gegeben, also muss sie die andere ja auch jemandem geschenkt haben. Vielleicht kann sie ihn mir beschreiben.«

»Aber ganz ehrlich, es gibt so viele Männer, dann bist du doch genauso schlau wie vorher.«

»Oder ich kenne die Person und kann das Geheimnis endlich lüften.« Hanna seufzt in den Telefonhörer. »Ach Miekchen. Dabei dachte ich, dass du dem Ganzen gar keine Bedeutung mehr zukommen lässt. Aber bitte, geh und such die verrückte Frau und melde dich dann, ich will alles wissen.«

Nachdem wir das Gespräch beendet haben, werfe ich einen Blick aus dem Fenster. Hoffentlich schneit es nicht wieder. Obwohl ich Schnee liebe, ist es ganz schön anstrengend, ihn loszuwerden. In den letzten Jahren hat Eric den Fußweg und die Treppen vom Schnee befreit. Meine Gedanken gehen über zu Nils. Er hat sich seit gestern nicht mehr gemeldet. Und ich auch nicht bei ihm. Ich wusste einfach nicht, was ich hätte schreiben oder sagen sollen. Im Laden ist er bis jetzt auch nicht aufgetaucht, meinte Hanna. Wer weiß, was er mir nun wieder verschweigt.

Ich schiebe den Gedanken beiseite, ziehe meine Stiefel an, wickle meinen Hals in drei Meter Schal und schlüpfte in meinen Mantel. Lili blickt mich hoffnungsvoll an. »Wir gehen später, wenn ich wieder da bin. Ich brauch nicht lange, versprochen.« Brav wie sie ist, setzt sie sich hin und schaut mir zu, wie ich meine Tasche nehme.

Die Haltestelle ist fast neben Brittas und Alinas Friseursalon. Ich hätte wenigstens mal kurz hallo sagen können, denke ich. Aber da kommt schon die Bahn und ich steige ein. Wenn ich zurück bin, werde ich das nachholen.

Zwanzig Minuten später steige ich direkt am Altmarkt aus. Die Sonne verschwindet schon hinter den Häusern und der *Striezelmarkt* ist gut besucht. Besonders die Glühwein- und Essensstände sind sehr beliebt. Ich schlüpfe durch die Massen in Richtung des Weihnachtsbaums mitten auf dem Markt. Vor dem Zaun, der um den Baum aufgestellt ist, bleibe ich stehen und schaue mich um. Der Wind bläst durch die Gassen der Buden, ich hole meine Mütze aus der Tasche und setze sie auf.

Was tue ich hier eigentlich? Auf einmal komme ich mir total bescheuert vor. Ich sehe wahrscheinlich aus, als würde ich auf mein Date warten, das mich versetzt hat. Hoffentlich treffe ich auf niemanden, den ich gerade nicht sehen will.

Nach einigen Minuten beschließe ich, zu der Mauer zu gehen, an der die alte Frau die Kiste aufgemacht und mir die Lampe überreicht hat. Ich lehne mich daran, mummle mein Gesicht in meinen Schal und beobachte die Leute. Als mir langsam fröstelt, laufe ich los. In jeden Gang werde ich einmal schauen. Vielleicht hat sie ja einen Stand hier auf dem Markt.

Die Dämmerung hat längst eingesetzt und kleine weiße Flocken tanzen vom Himmel. Eigentlich voll romantisch. Für mich jedoch gerade überhaupt nicht. Als ich den letzten Gang abgelaufen bin und wieder an der Hauptstraße rauskomme, entschließe ich mich dazu, es sein zu lassen. Die Flocken werden immer dicker und mir ist so unsagbar kalt, dass ich froh bin, dass in zwei Minuten eine Bahn kommt, die zurück nach *Laubegast* fährt.

Ich steige ein, lasse mich auf einem Einzelplatz nieder und schaue aus dem Fenster. So viele Schaufenster über und über mit Glitzer und Lichtern verziert. Wie wohl unsere mittlerweile aussehen? Ich suche mein Handy in der Tasche und wähle Hannas Nummer.

»Und?«, fragt sie gleich ohne Begrüßung.

»Nichts. Ich bin sogar durch alle Gänge gegangen in der Hoffnung, dass sie einen Stand hat. Und dann habe ich mich kurz gefragt, ob ich sie mir nicht doch nur eingebildet habe. Aber Nils hat sie auch gesehen und die Lampe steht in meinem Schlafzimmer. Ist der denn noch erschienen?«

»Ach Süße, tut mir echt leid. Vielleicht steht deine wahre Liebe irgendwann mit der Lampe vor deiner Tür. Du solltest deine ans Fenster im Wohnzimmer stellen.« Hanna kichert, wird aber gleich wieder ernst. »Nils war nur kurz da, hat noch eine Lichterkette verbastelt und ist wieder gegangen. Er war sehr maulfaul und ich hab ihn einfach in Ruhe gelassen.«

»Hm. Sehen die Fenster wenigstens schön aus?«

»Oh ja, wenn du am Montag wieder da bist, wirst du staunen. Ich überlege, ob ich Weihnachten im Laden feiere, so schön sieht es aus.« Wow, dann scheint Nils etwas von seinem Handwerk zu verstehen. »Ich sollte mich wirklich bei ihm melden, den ersten Schritt machen, oder?«

»Ich weiß es nicht, Mieke. Am Ende musst du wissen, wie viel er dir wert ist.« Ja, am Ende muss man immer allein entscheiden. Ich seufze. »Wenn wir doch einfach wieder Freunde sein könnten – ich meine, wir waren noch nicht mal zusammen im Bett«, flüstere ich ins Telefon, denn die Bahn ist mittlerweile sehr gut gefüllt.

»Wenn das dein Wunsch ist, sag es ihm.« Das sagt sich so leicht. Hanna hat ihren Julian und ich hab dann wieder niemanden. »Mieke, ich weiß ganz genau, was du denkst. Aber es ist nicht Sinn der Sache, dass du nur mit jemanden zusammen bist, um nicht allein zu sein.« Sie kennt mich eben einfach zu gut. »Du hast ja recht. Lass uns Schluss machen.«

»Ja, das sind die richtigen Worte. Aber sag nicht danach, dass wir ja Freunde bleiben können, das ist zu viel Klischee.« Ich muss schmunzeln. »Haha, du Scherzkeks. Bis dann.«

Mittlerweile ist es stockdunkel, Britta und Alina haben schon geschlossen und lediglich die Festtagsbeleuchtung lässt die Fenster hell erstrahlen.

Den Blick auf den Gehweg gerichtet gehe ich nach Hause. Als ich in meine Straße einbiege und den Kopf hebe, sehe ich jemanden, der an meiner Haustür lehnt. Mütze und Schal verbergen sein Gesicht und auch die Straßenlaterne gibt nicht mehr preis von der Person. Ich komme näher und auf einmal hebt er seinen Kopf und wir schauen uns an.

»Philip?«

»Mieke, dassss Lebn is scheise.« Oh mein Gott, er ist völlig betrunken. Das hat mir gerade noch gefehlt. »Ja, dann komm erst mal rein.« Ich schlüpfe an ihm vorbei und schließe auf. Mit einer Geste zeige ich ihm, dass er eintreten soll. Unbeholfen zieht er seine Schuhe und seine Jacke aus. Seine Mütze schmeißt er auf die Kommode und schaut mich dann an. »Wo isn dein Klo?« Eine Fahne zieht zu mir rüber und ich rümpfe die Nase. »Da vorne links.«

Schnell ziehe ich mich aus und bedenke Lili mit einem entschuldigenden Blick. »Wir gehen dann schon noch mal eine Runde, ich muss mich nur kurz um Philip kümmern«, flüstere ich der Dackeldame zu. Verständnisvoll, wie es scheint, geht sie ins Wohnzimmer und legt sich wieder in ihren Korb zu ihrer Kuscheldecke.

Ich höre die Spülung, dann das Waschbecken und warte, bis er aus der Tür tritt.

»Hier.« Mit einer Handbewegung deute ich in Richtung Wohnzimmer.

Ich setze mich in die Ecke des Sofas und hoffe, dass Philip den Abstand, den ich gerade benötige, einhält. Zum Glück setzt er sich in die andere Ecke. Und so ist es wie eh und je. Immer ein Spalt zwischen uns. Eine ganze Weile sitzen wir schweigend so da. Ich weiß einfach nicht, was ich sagen soll. Dann bricht Philip das Schweigen.

»Mieke, isch habe alles falsch gemacht. Es tut mir sooo leid. Mein Vater is gestorbn und ich war der Einzige, der sich um die Beerdigung kümmern konnte. Ich musste. Denn meine Mutter ist schon lange weg. Mein Vater war ein Schwein. Seit ich denken kann, hat er eine Frau nach der anderen gehabt. Oder eher, währenddessen er mit einer zusammen war, hatte er bereits die Nächste. Ich musste sogar für Ausreden herhalten. Kannst du dir vorstellen, wie scheiße das war?« Er nuschelt so stark, dass ich Mühe habe, ihn zu verstehen.

Ich nicke schließlich, denn als Eric mir sagte, dass er eine Affäre mit seiner Sekretärin hat, hat das etwas in mir ausgelöst. Und nun weiß ich nicht, ob ich jemals wieder jemanden vertrauen kann. Doch all das spreche ich nicht aus.

»Das Allerschlimmste war, als er mit Nils' Mutter zusammen war. Sogar geheiratet haben sie. Ich hatte zu der Zeit eine Freundin. Janine. Ich hab sie echt geliebt.« Eine Träne rollte über seine Wange, und ich zucke kurz, weil ich ihm ein Taschentuch holen möchte. Doch ich will nicht, dass er wieder dicht macht, also bleibe ich sitzen und höre einfach nur zu. Er starrt auf den schwarzen Bildschirm des Fernsehers scheinbar verloren in seinen Erinnerungen. So gern würde ich ihn in den Arm nehmen, aber da ist immer noch dieser riesige Spalt zwischen uns. »Bei der Hochzeit mit Nils' Mutter habe ich meinen eigenen Vater mit Janine erwischt.« Sein Gesicht verzieht sich hasserfüllt und seine Augen werden zu Schlitzen. Bei der Vorstellung, Eric oder Nils mit meiner Mutter zu erwischen, wird mir übel. Mein Kopf wehrt sich dagegen ein Bild dessen zu erzeugen, was Philip gerade erzählt hat.

»Und das auch noch an Weihnachten. Jetzt weißt du, warum ich diesen ganzen Aufstand um das Fest nicht mag. Immer wieder werde ich an diesen Moment erinnert. Das habe ich ihm bis zum Schluss nicht verziehen. Und dann ist er vor ein paar Tagen einfach umgefallen. Herzstillstand. Einfach so. Nils' Mutter war total fertig. Ich schätze, sie hat doch noch mehr für ihn übriggehabt, als wir dachten.«

So langsam ergibt alles einen Sinn und jedes Detail fügte sich wie ein Puzzle zu einem großen Gesamtbild zusammen. Das hat Nils also gemeint, wenn er sagte, seine Mutter hätte eine Phase. Ja, eine Trauerphase. Nach und nach wird mir alles klar. Warum Philip nie etwas über sich preisgegeben hat. Immer verschlossen war, wenn es um sein Privatleben ging. Und nun sitzt er hier, hier bei mir und erzählt mir die ganze Geschichte wie einer Freundin. Ich will und kann nicht verhindern, dass mein Herz einen Hüpfer macht.

Er rückt ein Stück näher zu mir. Der Spalt zwischen uns verkleinert sich. »Mieke, ich werde mich von Victoria trennen.« Er rückt noch ein Stück näher. »Ich hab es echt versucht, aber ich liebe sie einfach nicht.« Und er rückt noch ein Stück näher. Ich spüre sein Bein an meinem. Er dreht seinen Körper zu mir. »Weil ich dich liebe, Mieke. Schon immer.« Ich rieche seine

Fahne und weiche zurück. Will er mich gerade wirklich küssen? Mein Kopf sendet klare Signale. Nein, brüllt er meinem Herzen zu, das fast aus meiner Brust springt, so sehr hämmert es dagegen. Schmetterlinge kreisen in meinem Bauch, doch ich kann sie nicht für voll nehmen. Denn das hier ist nicht richtig. Philip ist betrunken, auch wenn er gerade wieder sehr nüchtern erscheint. Ich bin mit Nils zusammen und er mit Victoria. Ich bin nicht so ein Mensch.

Sanft, aber bestimmt lege ich meine Hände auf seine Brust und drücke ihn von mir weg.

19

Hanna stemmt demonstrativ die Hände in die Hüfte. »Und das erzählst du uns erst jetzt? Warum hast du mich nicht angerufen?«

»Ich wollte das erst mal selber verarbeiten. Das war etwas zu viel in einer Woche.«

»Und jetzt? Ich meine, er hat dir seine Liebe gestanden. Endlich.« Ich schaue Alina an.

»Ja, und er war betrunken dabei. Wie viel kann ich darauf schon geben?« Jetzt stemmt Alina auch ihre Hände in die Hüfte. »Ich bitte dich, hast du noch nie etwas davon gehört, dass

Kinder und Betrunkene die ehrlichsten Menschen sind?« Ich winke ab. »Du weißt, dass ich das nicht für voll nehmen kann.« »Oder nicht willst!«, sprechen die beiden zeitgleich aus.

»Wollen wir dann endlich etwas zum Mittagessen bestellen? Ich hab Hunger.« Ich kann die Blicke der beiden spüren, während ich in die Küche gehe und Tee aufgieße. Sie wissen, dass das Thema damit für mich erst mal erledigt ist. Bei dem Gedanken, morgen auf Philip zu treffen, wird mir mulmig zumute. Ich versuche, das Gefühl auf den Hunger zu schieben, und stelle die Teekanne auf den Tisch im Wohnzimmer ab. »Chinesisch?«, fragt Hanna. »Klar, warum nicht?« Hauptsache, etwas zu essen.

Hanna ruft bei unserem Chinesen um die Ecke an und gibt die Bestellung durch. Nachdem sie aufgelegt hat, setzt Schweigen ein. Normalerweise ist es nie unangenehm zwischen uns dreien, auch nicht, wenn wir uns einmal nichts weiter zu erzählen haben. Doch nun liegt das Thema noch immer offen auf dem Tisch.

»Und was machst du, wenn er wirklich mit der Hexe Schluss macht?«, fragt Alina, und ich wundere mich, dass sie das Wort Hexe für Victoria in den Mund genommen hat.

»Nichts, denn er wird es eh nicht sagen. Er hat noch nie mit mir oder Hanna über etwas Privates gesprochen. Ich weiß nur, in welchem Haus er wohnt, weil er einmal krank war und ich ihm einmal einen Ordner vorbeibringen sollte. Und selbst da hat er mich unten abgefangen und nicht mal rein gebeten.«

Schweigen. Ich schalte den Fernseher ein und lasse Friends laufen. Wie oft wir die Serie schon gemeinsam geschaut haben! Da werden Erinnerungen wach.

Bis das Essen kommt, sagt niemand mehr einen Ton. Und selbst dann sitzen wir da, essen und starren auf den Bildschirm des Fernsehers.

»Britta und ich haben Streit.« Hanna und ich tauschen fragende Blicke aus und ich starre Alina schließlich mit offenem Mund an. Die beiden und Streit? Mehr als eine Diskussion gab es bei Britta und Alina nicht. Noch nie. Sie waren der Inbegriff wahrer Liebe.

»Na ja, wir haben unterschiedliche Ansichten, was den Laden angeht, und auch in anderen Bereichen läuft es gerade nicht so gut. Ich hab ehrlich gesagt Angst, dass wir uns sogar trennen.«

Jetzt fliegt mir das Essen, das ich mir gerade genüsslich in den Mund stecken wollte, fast von den Stäbchen. »Aber warum? Was kann denn so schlimm sein, dass man sich trennen will? Außer natürlich, einer geht fremd.« Und da spreche ich ja leider aus Erfahrung. Meine Trennungen waren meist dem geschuldet, dass es eben nie richtige Liebe war. Zumindest nicht so, dass es für länger gereicht hätte. Geschweige denn bis dass der Tod uns scheidet.

»Na ja, mein Ex hat sich gemeldet. Er will mich zurück und nun kämpft er mit unfairen Mitteln. Ich schätze mal, er kommt eben doch nicht damit klar, dass ich auf Frauen stehe und mit Britta zusammen bin.« Ich runzle die Stirn.

»Komischer Typ. Ich meine, das ist doch nicht erst seit gestern so.« Ein Gefühl von Bestätigung und Traurigkeit macht sich in mir breit. Die wahre Liebe. Gab es sie wirklich nicht und alles war nur Schein?

»Es sind auch noch einige andere Sachen, viele Kleinigkeiten, die dazu beitragen, dass es noch schwerer wird.« Ich kann nicht anders als Alina in den Arm zu nehmen. Hanna tut es mir gleich. »Ist schon gut Mädels. Danke. Ich wollte nur, dass ihr es wisst, falls es wirklich zu einer Trennung kommt.« Wir lassen Alina los. »Aber ihr kämpft, oder?« Diese Worte aus meinem Mund zu hören, irritiert mich selbst.

»Ja natürlich werden wir das.«

Lili, die schlaue Hundedame, setzt sich auf Alinas Beine und kuschelt sich tröstend an sie. Alina krault ihr das Fell und ihre mit Tränen gefüllten Augen, versetzen mir einen Stich.

Gedankenverloren befreie ich den Gehweg sowie meine und Inges Treppen vom Schnee. Noch immer fallen weiße dicke Flocken vom Himmel. Sollte es dieses Jahr wirklich einmal weiße Weihnachten geben? Das wäre wirklich schön. Ich schaue zu meinem Wohnzimmerfenster und muss zugeben, dass die Kristalllampe sich dort wirklich sehr schön macht. Nun kann dich deine wahre Liebe finden, hatte Alina noch gesagt, als ich die Lampe aus meinem Schlafzimmer geholt und demonstrativ auf dem Fenstersims platziert habe.

Ich stelle die Schneeschaufel zurück in den kleinen Schuppen, gehe rein, wo Lili bereits auf mich wartet, und ziehe ihr den Hundepullover über. Wir drehen unsere übliche kurze Abendrunde. Der Wind pustet nur so über die Elbwiese und ich verstecke mein Gesicht noch tiefer im Schal. Auch Lili zittert und deutet mir an, dass sie wieder nach Hause will. Ich folge ihrem Wunsch und so sitzen wir kurz darauf eingekuschelt auf dem Sofa und lassen den Sonntagabend ausklingen.

Guten Morgen, wie gehts dir?

Ich lese die Nachricht von Nils und lege mein Handy gleich wieder auf den Nachttisch. Smalltalk. Und das, nachdem unsere letzten Worte alles andere als harmonisch waren. Ich seufze.

Nehme das Handy wieder in die Hand und antworte doch noch.

Gut und dir?

Vielleicht sollte ich Nils und mich doch noch nicht aufgeben. Immerhin hatten wir einen tollen Start, bis der ganze ungesagte Mist zwischen uns stand. Doch jetzt ist eigentlich alles wieder okay. Immerhin haben wir uns ausgesprochen. In mir bleibt es ruhig. Kein Herzschlag, der aus Verlangen nach dem anderen gegen meine Brust hämmert. Keine Schmetterlinge, die wie aufgescheucht in mir tanzen.

Ich schlendere ins Bad, mache mich frisch und gehe zurück ins Schlafzimmer. Schaue in meinen Kleiderschrank und entscheide mich für einen blauen Strickpullover und Jeans.

Zum Frühstück müssen ein paar Cornflakes reichen, denn ich will noch eine kleine Runde mit Lili gehen und muss dann auch schon in den Laden. Die Lust hält sich mehr als in Grenzen, und ich beschließe, Hanna eine Nachricht zu schreiben, damit ich nicht vor ihr dort aufschlage und mit Philip allein bin.

Ich komm zu dir, dann gehen wir zusammen.

Antwortet sie mir. Was bin ich froh, dass Hanna so einfach gestrickt ist und keinen Elefanten aus einer Mücke macht.

Kurz darauf steht sie auch schon unten und lächelt mich merkwürdig an. Als ich die Tür abschließe, trifft mich etwas am Rücken. Ein Schneeball. »Na warte!« Wir kichern wie kleine Kinder und formen Schneebälle. Hanna rennt um die Ecke und versteckt sich hinter einem kahlen Busch. Ich werfe meinen Schneeball in die Höhe und hoffe, sie von oben zu treffen, was leider nicht klappt. Dann hake ich mich bei ihr unter und wir laufen lachend und blödelnd gemeinsam zum Laden.

Als wir ankommen, ist die Tür abgeschlossen. Philip ist also noch nicht da. Ich atme erleichtert aus. Als Hanna das Licht einschaltet, erstrahlen die Schaufenster in schönstem Glanz, Lichterketten weben sich um mit Kunstschnee besprühte Äste, kleine Rehe stehen um Schlitten, auf denen die Brillenmodelle ausgestellt sind. Ich kann nicht anders, als beeindruckt zu nicken, aber dann schiebe ich den Gedanken an Nils auch schon wieder ganz weit weg.

Die Tür zum Büro steht offen und ich schaue kurz hinein. Auf Philips Schreibtisch steht eine leere Flasche Schnaps. Ansonsten ist sein Tisch übersät mit ausgedruckten Blättern, die sogar auf dem Boden vor und neben dem Schreibtisch liegen. Ich könnte aufräumen, doch ich entscheide mich dazu, alles so zu lassen, wie es ist, und schließe die Tür zum Büro.

Hanna hat bereits die Kasse aufgeschlossen und das System am PC hochgefahren.

»Bereit?« Ich nicke und stelle mich hinter den Tresen. Sie dreht das Geschlossen-Schild um und schon kommt der erste Kunde des Tages. Eine gelungene Abwechslung.

Die Brille des Herrn ist steinalt und nun möchte er sich endlich eine neue gönnen. Wir haben uns schnell auf Form und Farbe geeinigt. »Soll ich ihre Sehstärke noch überprüfen?« Der Mann scheint von unserem Service völlig angetan zu sein und stimmt zu.

Wir gehen in den hinteren Raum und ich nehme in aller Ruhe die Messungen vor. Als ich die Türglocke höre, zucke ich kurz zusammen. Ich warte darauf, dass Philip an der Tür vorbei ins Büro läuft, doch nichts passiert. Es scheint also ein weiterer Kunde zu sein. Ich versuche, die Anspannung zu lockern, indem ich meine Arme ausschüttle. Es hilft nichts. Gemeinsam mit meinem Kunden verlasse ich den Raum wieder und trage seine Daten ins System ein, damit wir ihn benachrichtigen können, wenn seine Brille fertig ist. Danach bestelle ich noch die Gläser und schaue auf, als die Glocke der Tür erneut läutet. Kein Philip.

»Diese Glocke macht mich heute noch wahnsinnig!«, erkläre ich Hanna. »Ja, das Ding kann schon sehr nervig sein. Mach dich nicht fertig, vielleicht kommt er heute gar nicht mehr.«

Ich will Philip nicht in die Augen sehen müssen, aber dass er gar nicht erscheint, lässt meine Gefühle allerdings Achterbahn fahren. Würde er das Gespräch mit mir suchen? Erinnert er sich überhaupt noch daran, bei mir gewesen zu sein? Fragen über Fragen, die mich verrückt machen.

»Soll ich uns etwas zum Mittag holen?«

»Bist du verrückt? Wehe, du lässt mich hier allein.«

»Ach, komm schon, Mieke. Wir können nicht zusammen gehen und ich hab echt Hunger.«

Ich hole meine Jacke aus der Kammer. »Dann gehe ich und hol uns etwas.«

Auf dem Weg die Treppe vom Laden nach unten stoße ich mit jemanden zusammen. Natürlich ist es niemand Geringeres als Nils. Kann dieser Tag denn noch beschissener werden?

»Na, na, nicht so stürmisch, junge Frau. Du kannst es ja kaum erwarten, von mir in den Arm genommen zu werden.«

Wohl eher auf den Arm genommen, denke ich und versuche, den Gedanken zu verdrängen. Er kann auch nichts für Philips Auftritt.

»Und, wie findest du meine Dekoration?« Ich atme tief ein und versuche, die nette Mieke wiederzufinden. Die, bei der das Herz beim Anblick von Nils einst schneller geschlagen hat.

»Sieht wirklich toll aus. So schön hätte ich das nicht hinbekommen.« Er lächelt zufrieden und auch ein wenig stolz. »Ach doch, mit dem richtigen Material und einem Plan hättest du das auch geschafft.« Ich lasse mich in eine Umarmung gleiten. Versuche, seinen Duft auf mich wirken zu lassen. »Ich will gerade Mittagessen für Hanna und mich holen. Magst du mitkommen?« Er reicht mir versöhnlich seine Hand und ich nehme sie an. Auf dem Weg zur Fleischerei auf der anderen Straßenseite halte ich Ausschau nach Philip. Immer bereit, Nils' Hand wieder loszulassen. Am liebsten würde ich mich selbst ohrfeigen.

Wir gehen zurück zum Laden, wo Hanna Nils mit einer Umarmung begrüßt. Dabei wirft sie mir einen fragenden Blick zu. Ich gebe ihr zu verstehen, dass zwischen ihm und mir erst mal alles wieder okay ist.

»Dann lasst uns mal essen, bevor der nächste Kunde kommt und etwas von uns will.«

Nils gesellt sich zu uns an den Tisch in der kleinen Küche. Schweigend essen wir. Hanna ist als Erste fertig, verlässt den Raum und schließt die Tür hinter sich. Zeit zu reden. Zumindest, bis Kundschaft mich erlöst. »Und, was hast du am Wochenende Schönes gemacht?«, frage ich, es klingt etwas schnippischer als geplant.

Nils sieht mich mit Hundeaugen an, die Lili Konkurrenz machen könnten. »Mieke, es tut mir leid, dass ich dir von diesem Verwandtschaftsverhältnis zwischen Philip und mir nicht früher etwas gesagt habe. Ich hätte von Anfang an ehrlich sein sollen. Während Philips Abwesenheit war ich mit ihm zusammen. Sein Vater ist gestorben und er musste sich um die Beerdigung kümmern. Er hat seinen Vater gehasst, musst du wissen. Er war wirklich ein Arsch, aber ich wollte nicht, dass Philip es irgendwann bereut, seinen Vater buchstäblich nur verscharren zu lassen. Und deswegen habe ich ihm geholfen. Ich musste einfach für ihn da sein, verstehst du?«

Ich kann nicht anders, als seine Hand zu nehmen, so dankbar bin ich, dass er endlich ausgesprochen hat, was ich mir schon denken konnte. Doch er ist endlich ehrlich zu mir und das ist alles, was zählt. Vielleicht haben wir ja doch noch eine Chance.

Er rückt ein Stück näher und ich lasse mich auf einen Kuss ein. Seine Lippen sind warm und weich und es fühlt sich nach Geborgenheit an. Das, wonach ich mich so sehr sehne. Es ist, als hätten wir mit diesem Kuss alles besiegelt und unsere Auseinandersetzung ist Schnee von gestern.

»Ich muss Inge anrufen, ob sie mit Lili eine Runde gehen!«, entfährt es mir auf einmal.

»Das kann ich doch machen, wenn du möchtest.«

Ich gebe ihm meine Schlüssel und er mir einen Kuss. Ich weiß, dass Hanna nur darauf wartet, bis er das Geschäft verlassen hat und um die Ecke abgebogen ist.

»Wow, heißt das jetzt doch wieder du und Nils?«

»Sieht wohl so aus. Er hat mir alles erzählt. Von der Beerdigung und dass er geholfen hat. Nun steht nichts mehr zwischen uns. Also sollte ich ihm noch eine Chance geben, oder nicht?«

»Wenn es das ist, was du willst.« Sie lächelt und knufft mich in den Arm.

Ist es das, was ich will – frage ich mich und lasse die Frage im Raum stehen, denn der nächste Kunde betritt das Geschäft.

20

Auf dem Weg nach Hause überkommt mich ein merkwürdiges Gefühl bei dem Gedanken daran, dass Nils jetzt dort ist und auf mich wartet. Philip hat sich den ganzen Tag nicht im Laden sehen lassen und hat sich auch sonst nicht gemeldet. Ich weiß nicht, was schlimmer ist. Nichts zu hören und in der Schwebe zu sein oder ihn zu sehen, während er so tut, als wäre er nie bei mir gewesen und hätte mir nicht seine Liebe gestanden. Bei den Worten Liebe und Philip spüre ich, wie mein Herzschlag sich beschleunigt und gegen meine Brust hämmert. Ob er sich wirklich von Victoria trennen wird? Aber auch das spielt keine Rolle, solange er nicht wirklich dazu steht und es ernst gemeint hat mit seinen Gefühlen für mich.

Kurz nach der Bäckerei biege ich in die Straße ein, die runter zur Elbe führt. Je näher ich meinem Zuhause komme, desto langsamer werden meine Schritte, bis ich nur noch vor mich hinschlendere.

Einerseits freue ich mich auf mein warmes und gemütliches Heim. Und auch ein wenig auf Nils. Auf der anderen Seite fühlt es sich falsch an.

Ich werde es einfach auf mich zukommen lassen.

Die letzten Sonnenstrahlen verstecken sich hinter einer dicken, grauen Wolkenschicht und so ist es schon fast dunkel, als ich zu Hause eintreffe. Ich stelle fest, dass Nils meine Fenster noch etwas mehr dekoriert hat und diese nun in einem warmen Licht erstrahlen. Auch die Kristalllampe hat er angeschaltet.

Lili begrüßt mich wie immer freudig und hüpft aufgeregt zwischen Wohnzimmer und Flur hin und her. Wahrscheinlich möchte sie mir mitteilen, dass wir Besuch haben.

»Hallo meine Hübsche, wie war der restliche Tag bei den Brillen?« Nils hat es sich in meinem Lieblingssessel gemütlich gemacht und sich ein Buch aus dem Schrank genommen. Er erinnert mich ein bisschen an meinen Großvater, wie er da so sitzt mit Lili, die sich jetzt an seinen Füßen einkringelt. Unweigerlich muss ich schmunzeln. »Na ja, es war ganz schön, was zu tun. Also entweder werden alle von den dekorierten Fenstern angelockt oder ich weiß nicht, warum auf einmal alle eine neue Brille wollen.«

Nils grinst zufrieden. Ich begrüße ihn mit einem Kuss auf den Mund und gehe in die Küche. Es duftet nach Baguette, und als ich in den beleuchteten Backofen schaue, sehe ich Bruschetta und mein doch recht leerer Magen knurrt vor Freude. Wärme steigt in mir auf. Keine, die mir unangenehm ist, sondern ein wohlig schönes Gefühl von Heimeligkeit.

Ich befülle den Wasserkocher und schalte ihn an. »Willst du auch einen Tee?«, rufe ich ins Wohnzimmer.

»Ja, sehr gern. Wie sieht es im Backofen aus?«

»Sehr gut, ich denke, die sind fertig.« Ich fülle das Wasser in die Tassen und stelle sie auf den Wohnzimmertisch. Nils holt die duftenden Brotscheiben aus dem Ofen und kommt mit einem großen Teller zu mir. Es fühlt sich komisch an, als er sich direkt neben mich auf das Sofa setzt. Nicht wie bei Philip, der erst eine Riesenlücke zwischen uns gelassen hatte, bevor er mich küssen wollte.

Um meine Gedanken gleich in eine andere Richtung zu lenken, schalte ich den Fernseher an und muss schmunzeln, weil ich doch tatsächlich die Fernbedienung nicht mehr auf die Kommode gelegt habe, seitdem Nils das erste Mal hier war.

Der Teller und die Tassen sind leer und wir liegen nebeneinander auf dem Sofa unter einer Decke. Ich lausche seinem Herzschlag und wünschte wir könnten für immer so liegen bleiben.

Gegen zehn spüre ich, wie Nils immer unruhiger wird. »Ich muss dann langsam mal los. Ich habe morgen früh ein Gespräch, vielleicht wird ein neuer Auftrag daraus.«

Innerhalb weniger Sekunden ist die Wärme, die uns umhüllt hat, verschwunden.

»Okay, das klingt doch gut. Wieder ein Schaufenster?« Er steht bereits auf und geht in den Flur, und ich frage mich, warum er es auf ein Mal so eilig hat.

»Nicht ganz, es geht um die Eröffnung eines neuen Geschäfts. Das heißt, ich würde die gesamte Einrichtung mit planen.« Ich höre, wie er den Reißverschluss seiner Jacke zuzieht. Anstatt zu warten, bis er noch einmal zu mir ins Wohnzimmer kommt, stehe ich nun im Türrahmen und schaue ihm dabei zu, wie er den Schal um seinen Hals wickelt. »Ich melde mich dann morgen bei dir.« Er legt seine Hände um meine Wangen und küsst mich ganz sanft. Kurz lasse ich mich fallen, bis er seine Hände wegnimmt und geht.

Ohne weiter über diesen merkwürdigen Moment nachzudenken, lösche ich alle Kerzen und Lichter und gehe mit Lili nach oben. Ich suche ein Hörbuch aus, lege mein Handy auf den Nachttisch, kuschle mich unter die Decke und schaue aus dem Fenster in den Nachthimmel. Lili dabei zu kraulen hat etwas Meditatives und lässt mich sanft in den Schlaf gleiten.

»Kannst du nicht wieder herkommen und wir gehen gemeinsam zum Laden?« Ich weiß, dass ich mich wie ein Kleinkind benehme, aber das ist mir egal. Hauptsache, ich muss Philip nicht allein unter die Augen treten. »Ach Mieke. Soll das jetzt jeden Tag so laufen?« Ich rolle mit den Augen. »Nein, natürlich nicht. Hat er sich bei dir gemeldet, ob er heute da sein wird?« Mit einer Hand versuche ich Lilis Pullover auszuziehen, während ich mit der anderen das Handy ans Ohr halte. »Nein, keine Nachricht.«

»Na gut, dann sehen wir uns im Laden.« Ich versuche, mir einzureden, dass alles ganz normal ist und sich die Erde weiterdreht, Philip hin oder her. Er ist nicht der Nabel der Welt.

Nach meiner Gassirunde mit Lili stapfe ich hocherhobenen Hauptes durch den Schnee in Richtung Hauptstraße. Ein Geruch nach Äpfeln, Zimt und noch etwas anderem liegt in der Luft. Je näher ich dem Bäcker komme, desto mehr zieht mich der Duft an. Ich habe Glück, dass gerade niemand ansteht, und hole für Hanna und mich ein frisches Stück Apfelzimtkuchen. »Wenn Sie drei Stücken kaufen, können Sie sparen«, erklärt mir die Dame hinter dem Tresen.

Ich lache. »Überredet!«

Mit dem Kuchen in der Hand, der wie eine Art Versöhnung wirkt, betrete ich das Optikergeschäft. Hanna ist gerade dabei, die Kasse aufzuschließen, und verzieht das Gesicht, als sie mich anschaut. Ich kann nicht ganz deuten, was sie mir sagen will.

»Schön, dass du es auch einrichten konntest, Mieke. Ich hoffe, ihr habt wenigstens pünktlich aufgemacht, als ich nicht da war.« Autsch. Das hat gesessen. Philip hat sich also dazu entschlossen, dass es den Abend bei mir auf der Couch nie gegeben hat und ich nur seine Angestellte bin. Na fein. Ich schaue auf die Uhr, die an der Wand hinter dem Tresen hängt.

»In einer Minute öffnen wir, ich weiß ehrlich gesagt nicht, wo das Problem liegt.« Ich gehe in die Küche, stelle den Kuchen auf den Tisch, ziehe meinen Mantel aus und hänge ihn an den Haken. Danach gehe ich, ohne Philip anzuschauen, an ihm und Hanna vorbei und drehe das Schild auf geöffnet. Ohne ein weiteres Wort zu sagen, geht er nach hinten und schließt die Tür etwas zu kräftig. Der Knall hallt in meinem Kopf nach und ich spüre, wie sich ein dicker Kloß in meinem Hals bildet. Tränen sammeln sich in meinen Augen und lassen meinen Blick verschwimmen. »Was hab ich ihm denn angetan, dass er mich so behandelt?«, flüstere ich und falle Hanna in die Arme. Tröstend streichelt sie meinen Rücken. »Er wird sich schon wieder einkriegen. Gib ihm Zeit.« Hatte er nicht schon genug Zeit? Ich hatte auch kaum Zeit, alles zu verarbeiten. »Ich möchte doch einfach nur, dass alles wieder normal ist. So wie vor diesem ganzen Mist.« Hanna nimmt meine Hände und streichelt mit dem Daumen über meine Hand. »Ach Mieke, dann hätte sich ja nie etwas geändert.« Die Türglocke läutet und Hanna lässt abrupt meine Hände los und begrüßt die Kundin.

Ich schleiche nach hinten und nehme mir einen Moment in dem kleinen Badezimmer. Obwohl ich die Tränen zurückgehalten habe, sehen meine Augen verquollen aus. Jegliche Farbe ist aus meinem Gesicht gewichen und eine schmerzende Kälte hat sich um mein Herz gelegt.

Als ich mich wieder halbwegs gefangen habe, gehe ich nach vorn und kümmere mich um den Herrn, der gerade das Geschäft betritt. Es tut gut, einfach der Arbeit nachzugehen, und sorgt für etwas Ablenkung.

Inge kümmert sich heute wieder um Lili. Wir bekommen viele Komplimente für die Schaufensterdekoration, was mich zwar sehr freut, da Nils wirklich eine tolle Arbeit geleistet hat, jedoch muss ich dadurch immer wieder an ihn denken. Eigentlich wollte er sich melden. Vielleicht läuft sein Gespräch so gut, dass sie sich gerade die Räume des neuen Geschäfts anschauen.

»Mieke …?« Erschrocken drehe ich mich um. »Ja?« Hanna schaut mich an, als wäre ich ein Alien. »Ich wollte wissen, ob du dann nicht auch mal Mittagspause machen möchtest?« Ein Blick auf die Uhr verrät mir, dass es bereits zwei ist.

Die Tür zum Büro öffnet sich und ich würde am liebsten wegrennen, als ich Philips Gesicht sehe. Da ist so viel Wut in seinem Blick. »Ich bin dann mal weg. Und wenn ihr das nächste Mal ins Büro geht, dann hinterlasst nicht so einen Saustall.«

Das ist ja wohl die Höhe. Sofort schießt Hitze durch mich hindurch in mein Gesicht. Ich ziehe die Luft scharf ein und gehe einen Schritt auf ihn zu. Zum Glück ist gerade kein Kunde da.

»Na hör mal, das ist ja wohl die Höhe. Du besäufst dich, hinterlässt ein Chaos aus herumliegenden Papier in deinem Büro und wir sind jetzt die Schuldigen. Das kannst du vergessen. Wir sind …« Hanna springt zwischen uns und stoppt mich. »Ich bin sicher, Philip hat das nicht so gemeint. Ich kümmere mich um deine Ablage, kein Problem.«

Man könnte meinen, Blitze würden zwischen unseren Blicken hin und herfliegen, bis er sich schließlich abwendet. »Ich suche die Rechnung von Nils. Wenn du sie findest, lege sie bitte auf meine Tastatur. Danke. Wir sehen uns morgen.« Gerade als ich noch einmal tief Luft hole, packt mich Hanna am Arm und lässt erst los, als die Tür ins Schloss fällt. »Mensch Mieke, du musst es doch nicht drauf anlegen!«

»Das sagt genau die Richtige. Du meinst doch immer, wir dürfen uns nicht alles gefallen lassen, und ich lasse bestimmt nicht so mit mir reden. Zumal er das Chaos im Büro selber angerichtet hat.« Sie streichelt meinen Arm. »Du hast ja recht, aber du weißt doch, was gerade los ist. Der kriegt sich schon wieder ein.«

»Besser wäre es, sonst bin ich weg.« Kurz bin ich selbst erschrocken über meine Gedanken, die ich laut ausgesprochen habe. Doch so kann ich unmöglich hier weiterarbeiten. »Jetzt red keinen Blödsinn. Es sind doch nur noch ein paar Tage und dann haben wir Urlaub. Bis dahin gehst du ihm einfach aus dem Weg.« Ich lache laut auf. »Einfach. Es ist hier auch sehr einfach, sich aus dem Weg zu gehen.« Jetzt ist es Hanna, die

Tränen in den Augen hat. Ich nehme sie in den Arm und wir atmen beide durch.

»Ich werde mich bemühen.« Ein Versprechen und doch weiß ich nicht, wie das funktionieren soll.

Kurz vor Feierabend hält mir Hanna triumphierend die Rechnung von Nils unter die Nase und stürmt gleich darauf wieder zurück ins Büro.

»Wow, dafür wirst du mindestens Mitarbeiterin des Monats.« Sie knufft mich in die Seite. »Bekomm ich wenigstens ein kleines Lächeln, du Miesepeter? Kein Wunder, dass niemand mehr den Laden betritt, wenn sie dein Gesicht sehen.« Ich knuffe sie zurück und ein winziges Lächeln breitet sich in meinem Gesicht aus. »Ich bin so froh, wenn der Tag vorbei ist.« Hanna zählt einen Countdown runter. »Zehn, neun, acht, sieben …« Als ich verstehe, worauf sie hinaus will, zähle ich mit. Bei eins angekommen drehen wir gemeinsam das Schild an der Tür auf geschlossen. Überstanden. Noch elf Tage bis wir Urlaub haben.

21

Alina schaut mich mit offenen Mund an. »Du wolltest echt kündigen?«

»Du hättest dabei sein sollen. So lasse ich nicht mit mir umgehen und Hanna muss sich das auch nicht bieten lassen. Ich meine, Philip war schon immer griesgrämig, aber was der diese Woche vom Stapel gelassen hat, da würde jeder normale Mensch die Flucht ergreifen.« Hanna bedient sich am Sushi und schenkt mir einen dankbaren Blick, bevor sie sich ein Riesenstück in den Mund schiebt.

»Komischer Typ. Denkst du, er hat vergessen, was er dir gesagt hat, dass er seine Liebe gestanden hat und dich küssen wollte?« Diese Frage habe ich mir jedes Mal gestellt, wenn wir uns angeschaut haben. Immer dann, wenn er in sein Büro gegangen oder es verlassen hat.

»Verdrängt würde eher zutreffen.« Hanna bekommt einen Hustenanfall und ich klopfe ihr auf den Rücken. »Dass du den Mund auch immer so voll nehmen musst!« Wir lachen. »Alina, so hast du Mieke noch nie erlebt. Sie hat Philip zur Schnecke gemacht.« Hanna prustet los und auch ich kann mich nicht halten bei dem Gedanken an sein Gesicht.

»Noch anderthalb Wochen, dann ist erst mal Urlaub.« Ich atme tief ein und wieder aus. »Denkst du, du schaffst es bis dahin? Und dann?« Ich zucke mit den Schultern.

»Erst mal will ich es bis dahin überleben und dann werden wir weiterschauen. Ich meine, irgendwann muss er sich ja wieder einkriegen oder?« Hanna und Alina nicken.

»Und was ist jetzt mit Nils? Wo ist der überhaupt? Immerhin ist Sonntag.« Alina blickt sich im Zimmer um. »Du brauchst nicht weitersuchen, er ist nicht hier eingezogen, falls du das denkst. Er hat einen neuen Auftrag in der Nähe von Berlin.«

»Ich dachte, er hat hier in Dresden etwas gefunden.« Beide starren mich an.

»Hatte er auch, aber es hat nicht geklappt und nun hat er eben woanders etwas gefunden.« Ich tauche meine Makirolle in die Sojasoße und schiebe sie genüsslich in meinen Mund.

»Dann habt ihr euch gar nicht mehr gesehen?«

»Nein, aber wir haben geschrieben und telefoniert. Das muss fürs Erste reichen.« Es kam mir gelegen, dass Nils gerade nicht in der Stadt war. So konnte in meinem Privatleben erst einmal wieder etwas Normalität eintreten. Und ich vermisse ihn sogar, was ein gutes Zeichen ist.

»Und wie läuft es bei dir und Britta?« Alina stellt ihr Glas hin und lehnt sich zurück. »Wehe, ihr lacht jetzt.« Wir schütteln energisch den Kopf. »Wir suchen uns einen Therapeuten.«

»Ist es wirklich so schlimm?«, frage ich nun, weil ich dachte, es wäre nur ein kleiner Streit zwischen den beiden gewesen und würde sich schon wieder einrenken.

»Da liegt schon noch einiges mehr im Argen und wir wollen es nicht dazu kommen lassen, dass es schlimmer wird. Britta hat auch viel von früher aufzuarbeiten. Immerhin hat sie sich bereits in der Schulzeit geoutet. Das hat einiges mit ihr gemacht.« Britta wirkt nach außen immer wie die taffste Frau, die ich kenne und ich habe immer geglaubt, dass sie nichts und niemand aus der Bahn werfen oder erschüttern könnte. Nun zeigt sich, dass auch sie ein paar Dämonen mit sich rumträgt. »Ich wünsche euch so sehr, dass ihr es schafft.« Hanna und ich nehmen Alina in den Arm.

»Dann haben wir jetzt nur noch ein glückliches Paar«, stellt Alina fest und schaut Hanna an, worauf diese rot wird und ihre Hände in den Schoß legt.

»Ist doch schön und ich gönne es dir von ganzem Herzen. Du musst jetzt die Stellung halten, bis Mieke dich vom Thron stürzt, weil sie die zweite Hälfte der Kristalllampe und somit ihre wahre Liebe findet.«

Ich knuffe sie in den Arm. »Was, ist doch so.« Ich winke ab.

»Das ist doch völliger Humbug.«

»Und trotzdem steht die Lampe in deinem Fenster und wartet da auf ihre bessere Hälfte«, bemerkt Alina und zeigt auf die Kristalllampe neben sich.

»Die ist nur noch da, weil ich sie hübsch finde.« Die beiden grinsen verschwörerisch und ich bewerfe Alina mit einem Kissen, was Lili als Startzeichen zum Spielen ansieht und beginnt an dem Kissen zu zerren.

Hanna, die immer auf einem Kissen neben dem Sofa sitzt, schnappt sich Lilis Spielzeug und animiert die Hundedame, lieber damit als mit dem Kissen zu spielen. Sie imitiert dabei die Geräusche, die Lili von sich gibt. Alina und ich kringeln uns vor Lachen.

»Was machst du heute noch Schönes?«, will Hanna wissen, als sie fertig ist, mit Lili zu raufen.

»Nicht viel. Ich will mit Lili noch zu meinen Eltern. Sie wollen wissen, wie ich meinen Geburtstag dieses Jahr verbringen möchte.«

»Das ist doch super. Und wenn du keine Lust hast zu planen, übernehmen Hanna und ich das.« Alina ist auf einmal völlig aus dem Häuschen und erzählt etwas von Luftballons, einer Piñata, jeder Menge Kuchen und was ihr sonst noch alles einfällt. Bei dem Wort Hüpfburg bremse ich sie schließlich. »Also erstens ist das kein Kindergeburtstag und zweitens haben meine Eltern keinen Platz für eine Hüpfburg in ihrem Garten. Mal davon abgesehen, dass ich sicher nicht draußen feiern möchte. Eigentlich bin ich mir gar nicht sicher, ob ich überhaupt noch feiern will.« Alina zieht eine Schnute und auch für Hanna scheint ein Nein zum Fest unakzeptabel. »Du musst feiern, schließlich wirst du nur einmal dreißig.«

»Ja klar, und nur einmal neunundzwanzig und so weiter. Das ist kein Argument.« Alina springt auf. »Was, wenn wir nicht bei deinen Eltern feiern, sondern einen Raum mieten?«

Ich fuchtle mit den Händen durch die Luft wie ein Schiedsrichter, der gleich darauf die rote Karte zieht. »Nein. Ganz einfach nein. Ich meine, wer soll denn da kommen? Ich möchte einfach nur eine kleine Feier mit meinen besten Freundinnen wie jedes Jahr, und da bei meinen Eltern mehr Platz ist als bei mir und sie somit auch gleich mit dabei sind, feiere ich wie jedes Jahr bei ihnen.« Jetzt lassen beide die Schultern hängen.

»Ach komm schon, Miekchen. Der Dreißigste. Das bedeutet doch etwas. Und außerdem kommt Nils sicher auch. Und vielleicht Phil…« Sie schafft es nicht, den Namen auszusprechen da ich meine Hand auf ihren Mund presse. »Wage es nicht, den Namen auszusprechen. An den will ich heute einmal nicht denken müssen und zu meinem Geburtstag gleich gar nicht.« Sie nickt stumm und ich nehme meine Hand wieder weg.

»Na schön, dann eben nur eine kleine Feier. Aber ein bisschen Deko wird doch wohl drin sein, oder?« Ich verdrehe die Augen. »Ja, dann rede einfach mit meiner Mutter. Aber wehe du übertreibst.« Demonstrativ halte ich den Finger in die Höhe. Um eine Feier komme ich also nicht drumherum.

»Soll ich dich und Lili gleich mitnehmen?«, fragt Hanna, als sie ihre Schuhe anzieht. Ich werfe einen Blick nach draußen. »Ach lass nur, der kleine Spaziergang wird uns guttun.

Sie umarmt mich, gefolgt von Alina, und dann sind sie auch schon weg.

»Wollen wir dann auch?«, frage ich die Fellnase. Als Antwort springt Lili an mir hoch und rennt zur Tür und dann wieder zu mir.

Schön eingepackt laufen wir los. Auch wenn das Haus meiner Eltern in *Kleinzschachwitz* sozusagen um die Ecke liegt, so ist es doch ein Stück zu Fuß. Die Luft ist kalt und klar und der

Schnee glitzert in der Wintersonne. Von den Dächern hängen Eiszapfen und auf einigen Fensterbänken liegt ebenfalls Schnee. Wie in einem Wintermärchen.

An der Kreuzung schaue ich kurz auf die andere Straßenseite. Die Schaufenster des Optikers sehen wirklich sehr einladend aus. Selbst von Weitem erkennt man die Äste und Figuren, die daran hängen. Nils hat wirklich ganze Arbeit geleistet. Wir haben heute weder geschrieben noch telefoniert. Gestern meinte er noch, dass er am Sonntag seine Mama besuchen wird und nächste Woche dann wieder da sein werde.

»Na komm, lass uns weitergehen.« Lili hat brav neben mir an der Straße gewartet. Wir laufen an ein paar kleineren Geschäften vorbei, dann an dem kleinen Park am *Kronstädter Platz*.

Wenige Minuten später löse ich die Leine von Lilis Halsband, damit sie sich an der Elbwiese austoben kann. Schon immer bin ich diesen Weg gern entlang gelaufen. Rechts ein paar kleinere Villen und Häuser, links die Elbe. Obwohl die Dämmerung eingesetzt hat, tummeln sich noch etliche Besucher mit ihren Vierbeinern auf der Wiese. Lili haben andere Hunde zum Glück nie gestört, ganz im Gegensatz zu einigen der anderen Hunde. Einer fällt immer aus der Reihe, so auch heute. Kurz bevor wir das Zuhause meiner Kindheit erreichen, wird Lili von einem kleinen Chihuahua zur Schnecke gemacht. Die Besitzerin zerrt an der Leine des winzigen Hundes, bis sie ihn schließlich zu fassen bekommt und mit dem Tier fest an ihrem Körper gepresst von dannen zieht. Wir hören ihn noch nach einigen Metern.

So wie es scheint, hat es auch meine Mutter mitbekommen. Sie tritt auf die kleine Terrasse, legt ihre Arme um sich und ruft mir entgegen: »Ist alles in Ordnung? Geht es Lili gut?« Ich winke ihr zu und deute, dass sie wieder reingehen soll und wir uns gleich an der Tür treffen.

Wie ich dieses Haus, das mit seinem steilen hohen Dach ein bisschen aussieht wie ein Hexenhaus, liebe. Habe ich schon immer. Mein Reich war der komplette Dachboden. Meine Eltern haben ihn extra für mich ausgebaut. Schöne große dreieckige Fenster und ein kleiner Balkon, von dem aus ich direkt zur Elbe und auf die andere Seite schauen konnte. Vor dem Haus befindet sich ein Hang, der im Winter gern mal zum Rutschen gedient hat. Als ich dabei einmal den Zaun kaputtgemacht habe, da ich nicht rechtzeitig mit dem Schlitten bremsen konnte, war der Hang für mich tabu.

Die Haushälfte in *Laubegast* habe ich meiner Oma zu verdanken. Als sie wusste, dass es dem Ende zuging, hat sie alles auf mich überschrieben. Anfangs konnte ich mir nicht vorstellen, dort zu leben. Doch nach einigen Monaten und weil ich mir auch nicht vorstellen konnte, jemand anderen dort leben zu lassen, haben wir schließlich alles komplett ausgeräumt und renoviert. Neue Fußböden, neue Wandfarbe und neue Türen. Das wackelige Geländer an der Treppe draußen kam weg und zu meinem Bedauern habe ich mich gegen ein neues entschieden.

Ich seufze und stiefle dann die Treppe zur Tür hinauf.

»Lili, meine Kleine, wie schön, dass du mich auch mal wieder besuchst. Mal schauen, was die Omi Schönes für dich hat.« Ich verdrehe die Augen. Warum muss meine Mutter Lili immer wie ihr Enkelkind behandeln? Das ist doch verrückt. Und trotzdem halte ich sie nicht davon ab.

»Du hättest ruhig deinen neuen Freund mitbringen können, dann hätten wir ihn mal kennengelernt«, bemerkt sie, während sie Lili einen Hundeknochen gibt.

»Tja, erstens sind Nils und ich noch nicht lang zusammen und wer weiß, ob es etwas Ernstes wird, und zweitens ist er gerade nicht in der Stadt.«

Eilig winkt sie mich in die Stube. Ich schaffe es gerade noch, meine Stiefel auszuziehen. »Was ist denn?«, frage ich und erhalte als Antwort ein: »Psssst. Nicht so laut.«

Sie holt eine Kiste aus der Sitzbank in der Ecke des Wohnzimmers. Und zeigt sie mir flüchtig, bevor sie den Karton wieder verschwinden lässt. »Was hältst du davon?«, flüstert sie immer noch.

»Ich schätze, es wird ihm gefallen«, antworte ich ebenso leise.

»Ja, ich denke auch. Er redet schon so lange davon, dass er eine Gartenbahn draußen aufbauen möchte. So richtig mit Bahnhof und allem.«

Ein kleiner Hauch von Traurigkeit überkommt mich. Ich weiß es zu schätzen, dass sie das Thema Enkelkinder nicht mehr ansprechen wollen, trotzdem spüre ich mehr denn je, wie sehr sie sich eines wünschen. Und ich frage mich, ob ich es mir auch wünsche. Allerdings müsste dazu erst mal der richtige Mann her. Nils kommt mir in den Sinn, dann verschwimmt das Bild in meinen Gedanken. Eine andere Silhouette erscheint. Philip. Abrupt muss ich husten. Meine Mutter tätschelt mir den Rücken. »Johann, bring Mieke bitte ein Glas Wasser!«, brüllt sie in die Küche. Kurz darauf erscheint mein Vater, drückt mich an sich und hält mir das Glas hin. Ich trinke alles mit einem Mal aus und bin froh, dass sich der Hustenanfall wieder gelegt hat.

»Du bist wohl doch noch nicht wieder ganz fit, was?«, fragt meine Mutter, während sie mir den Arm streichelt. Nach dem Debakel mit Eric haben wir uns geeinigt, keine Geheimnisse mehr zu haben. Soll ich ihnen von der Sache mit Philip erzählen? Ich bin hin- und hergerissen.

»Nun setz dich doch erst mal, Schätzchen.«

Ich weiß nicht, ob ich schon bereit dafür bin. Ihnen alles zu erzählen. Immerhin kennen sie Philip. Zumindest vom Sehen und von dem, was ich ihnen erzählt habe. Was nicht besonders viel ist, da Philip ja nie etwas von sich preisgegeben hat.

»Und, was gibt es Neues bei euch?«, frage ich schließlich, um die Aufmerksamkeit erst einmal von mir abzuwenden.

»Ach, du weißt doch, dass bei uns nichts Aufregendes mehr passiert«, sagt meine Mutter. »Obwohl ich schwören könnte, dass die Johannsens irgendwas zu verbergen haben«, fügt sie noch hinzu. Ich ziehe fragend meine Augenbrauen hoch. Worauf sie sich etwas weiter vor beugt, als könnten es die Nachbarn sonst hören. »Die haben ein Loch gegraben und es dann einfach wieder zugebuddelt. Bestimmt liegt da jetzt etwas drin. Oder jemand.« Meine Mutter kichert. »So ein Quatsch, Annette. Hör doch mal auf, so einen Mist zu verbreiten. Vielleicht wollten sie etwas bauen und es hat dann doch nicht geklappt.« Meine Mutter schaut meinen Vater herausfordernd an. »Mitten im Winter? Wo der Boden hart wie Stein ist?« Mein Vater winkt ab. Nun schauen beide zu mir.

»Wie wollen wir das mit meinem Geburtstag machen?«, frage ich, um all die anderen Themen in die hinterste Ecke meines Kopfs zu verbannen. Ein perfektes Thema, denn meine Mutter liebt es, meinen Geburtstag auszurichten.

»Hanna hat mich vorhin angerufen und gefragt, ob wir zusammen planen können. Was ich natürlich dankend angenommen habe. Eine weitere helfende Hand ist immer super.« Ich verdrehe die Augen. »Das ging ja schnell«, spreche ich laut aus. Meine Eltern können ja nicht wissen, dass wir uns vorhin zum Mittagessen erst darüber unterhalten haben.

»Und du willst wirklich nur Hanna, Alina und Britta einladen? Was ist denn mit deinem Freund?« Ja, das wüsste ich auch gern. Und vor allem, ob er bis dahin noch mein Freund ist.

»Ich weiß noch nicht, ob Nils über Weihnachten und die Feiertage nach Hause fährt, weißt du.« Sie nickt nachdenklich. »Stimmt, du hättest wirklich etwas eher aus mir raus kriechen können.«

»Boah Mama, echt jetzt?« Sie fängt an zu lachen und auch ich muss schmunzeln. »Na ist doch wahr. Am 23.12. Einen Tag vor Weihnachten.« Ich sehe meinem Vater an, dass er gleich die Geschichte meiner Geburt erzählen wird, und ich hoffe inständig, dass er das nicht zu meinem Geburtstag tun wird.

22

Ich drücke Hanna zur Begrüßung an mich. »Guten Morgen.«
»Da hat ja jemand supergute Laune«, bemerkt sie und erwidert mein Lachen.

»Solange der Miesepeter zu Hause bleibt.«

Während ich am Montag noch völlig angespannt im Laden gestanden und gebangt habe, wann Philip kommen und wie er wieder drauf sein würde, ging es mir die letzten zwei Tage super. Er hat Hanna informiert, dass er sich die nächsten Tage im Homeoffice um die Buchhaltung kümmert. Nachdem sie mir das gesagt hat, ist ein Riesenbrocken von mir abgefallen und ich konnte mich endlich wieder entspannen. Es ist fast schon etwas Normalität eingetreten.

»Ach komm schon, irgendwann müsst ihr euch doch wieder vertragen.« Hanna stößt mit ihrem Ellenbogen gegen meinen Arm.

»Es liegt nicht an mir. Er verhält sich schließlich wie der letzte Arsch.« Ich zucke ratlos mit den Schultern und verdränge die Traurigkeit, die sich wegen Philips Verhalten in mir entfalten möchte. Weg damit! Aus den Augen, aus dem Sinn. Schlechte Laune kann ich seinetwegen wieder haben, wenn er vor meiner Nase steht.

Hanna schließt die Kasse auf und ich drehe das Geschlossen-Schild um und kann es kaum erwarten, den ersten Kunden zu begrüßen. In der Zwischenzeit hole ich die Kisten mit der neuen Brillenkollektion nach vorn und öffne sie.

»Meinst du denn, er hat sich wirklich von Victoria getrennt?«, fragt Hanna, während ich vorsichtig eine Brille nach der anderen herausnehme und bestaune.

Auch wenn ich mir diese Frage die ganze Zeit insgeheim stelle, so möchte ich gar nicht weiter darüber nachdenken. »Werden wir wohl nie erfahren, denn so etwas erzählt er uns ja nicht.« Hanna schnauft. »Jetzt komm schon.«

Ich lege das Gestell, das ich gerade aus der Schachtel genommen habe, wieder zurück und drehe mich zu Hanna um. »Ich brauche einfach auch Zeit. Ich meine, erst stelle ich fest, dass ich mehr für Philip empfinde. Dann gesteht er mir seine Liebe, nur um mich gleich darauf zu behandeln, als wäre ich das Allerletzte.«

Hanna senkt den Kopf. »Ich weiß. Ich hab einfach nur Angst, dass du letztlich doch noch kündigst und gehst.« Ich stehe auf und nehme sie in den Arm. »Das werde ich nicht. Ich weiß zwar noch nicht wie, aber wir werden das hinbekommen.«

Ein Gong kündigt Arbeit an und Hanna begrüßt die Kundin.

Ich hingegen stelle die letzte Brille im Regal aus und werfe danach einen kurzen Blick nach draußen und halte den Atem an. Flüchtig nur, und doch so bedeutsam, wie es nur unsere Blicke können. Dann kommt Philip auch schon die Treppenstufen hoch und ich drehe mich wieder zum Brillenregal und wünschte, ich könnte unsichtbar werden.

»Hallo ihr zwei, na, alles gut?«

Ich denke, ich höre nicht richtig und drehe mich zaghaft um. Seine Augen strahlen und sein Gesicht wirkt ganz warm und weich. Ich weiß nicht, wann ich ihn das letzte Mal so gesehen habe. Ein warmes Gefühl steigt in mir auf, und auf einmal weiß ich, dass nun alles wieder gut werden wird.

Er kommt näher, steht nun genau neben mir und betrachtet das Regal. »Ist das die neue Kollektion? Nicht schlecht. Hast du schon Frau Jacob angerufen und ihr Bescheid gesagt? Sie wird hin und weg sein.«

Stocksteif stehe ich da und bin unsicher, was ich jetzt tun oder sagen soll. Ich möchte diesen seidenen Faden, der sich gerade zwischen uns gesponnen hat, auf keinen Fall wieder zerstören. »Nein, ich habe die Gestelle erst mal zur Präsentation eingeräumt. Ich werde sie gleich anrufen.« Er legt eine Hand auf meine Schulter, woraufhin mein Herz beginnt, wie verrückt gegen meine Brust zu hämmern. »Lass nur, ich ruf sie an.« Seine Hand löst sich von meiner Schulter, und ich sehe im Augenwinkel, wie er nach hinten geht.

Die Berührung hallt noch lange nach. Diese kleine Geste war wie ein Zeichen. Trotzdem bin ich sehr vorsichtig, denn ich möchte nicht wieder mehr in etwas hineininterpretieren als da wirklich ist.

Als Hannas Kunde gegangen ist, kommt sie zu mir. »Was war denn das?«, flüstert sie mir zu. Ich zucke nur mit der Schulter.

»Mieke, hast du kurz Zeit?«, ruft Philip aus dem Büro. Hanna drückt beide Daumen in ihrer Faust zusammen und gibt mir einen Schubs.

»Schließ bitte die Tür.«

Ich folge seinem Wunsch. Mein Herz rutscht dabei eine Etage tiefer. Ich kann nicht verhindern, dass mein Puls anfängt zu rasen, als ich mich ihm gegenübersetze. Er tippt noch etwas auf seiner Tastatur und schaut mich dann ein paar Sekunden lang stumm an. Mein Kopf wird dabei ganz leicht und ich muss mich zwingen, tief Luft zu holen.

»Es tut mir leid, Mieke. Es war nicht in Ordnung, wie ich in letzter Zeit mit dir umgegangen bin. Ich hab mich jetzt wieder im Griff.« Er lächelt. »Und ich bin Victoria los.«

Ich kann nicht verhindern, dass mein Herz bei seinen letzten Worten einen Hüpfer macht. Er ist die Hexe los und er ist glücklich darüber.

»Schon gut, ich bin froh, dass es dir besser geht.« Mehr sage ich nicht dazu, wegen des seidenen Fadens, obwohl ich ihn am liebsten umarmen würde.

Der restliche Tag vergeht wie im Flug. Auf dem Heimweg könnte ich Luftsprünge machen vor Freude. Die Stimmung blieb die ganze Zeit über positiv und es fühlte sich an wie früher, als wir den Laden zusammengeführt haben. Ein richtiges Team. Hanna, Philip und Mieke.

Mit einem fetten Grinsen komme ich in meiner Straße an und klingele an Inges Tür. Sie öffnet kurz darauf und ich schaue suchend hinter sie. Sonst kommt Lili immer freudig angerannt, doch heute ist nichts von der Hundedame zu sehen.

»Ist alles in Ordnung?«

Inge lächelt mich an und nimmt meine Hand. »Aber ja doch, Kindchen. Komm, ich zeig dir was.« Skeptisch folge ich Inge. Wir biegen ins Wohnzimmer ab und mir bleibt der Mund offen stehen.

Lili liegt zusammengerollt auf ihrem Hundekissen, das neben dem geschmückten Weihnachtsbaum liegt, den mein Vater für Inge besorgt hat, und vor ihr rekelt sich ein kleines Fellknäuel, das aussieht wie eine Katze. Fragend schaue ich Inge an. »Ist es das, was ich denke?«

»Wenn du ein Katzenbaby siehst, dann schon.« Ihr Lächeln wird immer breiter. Ich bin völlig sprachlos.

»Wie …? Wann …?« Sie deutet auf ihr Sofa, doch bevor ich mich setze, ziehe ich erst meinen Mantel und die Stiefel aus. Erwartungsvoll schaue ich Inge an. »Ich dachte, du wolltest kein Haustier?«

»Wollte ich auch nicht. Lili hat die Kleine gefunden. Wir sind ein bisschen spazieren gegangen und auf einmal hat Lili angefangen, wie verrückt zu schnüffeln und hat mich bis zu einer Kiste gezogen, die einfach am Straßenrand stand. Daraus erklang ein leises Fiepen, also habe ich die Kiste vorsichtig geöffnet, und auf einmal schaut mich dieses entzückende Wesen an. Da war nichts, kein Zettel oder eine Decke. Nichts. Nur der Karton und darin die Kleine. Ich glaube, Lili hätte es mir wirklich übel genommen, wenn ich sie nicht mitgenommen hätte.«

Wir schauen zu den beiden. Ein Bild für die Ewigkeit. »Seitdem liegt Lili mit dem Katzenbaby da und rührt sich nicht vom Fleck.«

Ich gehe vorsichtig zu meiner Hundedame. Sie schaut auf und lässt sich streicheln. Dann lege ich meine Hand zaghaft auf die Katze. Als würde sie mir zustimmen, leckt Lili meine Hand. Sanft streiche ich über das Fell. Sie muss wirklich noch ganz jung sein. »Und was machen wir jetzt mit ihr?«, frage ich Inge.

»Ich würde morgen mit ihr zum Tierarzt gehen und dann weiterschauen. Ich glaube kaum, dass sie jemand vermisst.«

Ich schaue auf das kleine unschuldige Wesen und bin fassungslos. »Wie kann man denn ein Tier aussetzen und dann auch noch im Winter?« Inge zuckt mit der Schulter. Vielleicht sollte es so sein, damit die alte Dame nicht mehr so allein ist, denke ich auf einmal.

»Soll ich Lili erst mal bei dir lassen?« Inge denkt kurz nach.

»Vielleicht wäre es wirklich das Beste. Zumindest für die erste Nacht. Ich muss mich morgen als Erstes damit beschäftigen, womit ich sie füttern soll, und ihr ein paar Näpfe kaufen.«

Ich nicke. »Ich werde Philip fragen, ob ich etwas eher gehen kann, dann helfe ich dir.«

Ich verabschiede mich von Lili und dann von Inge. Es ist ein merkwürdiges Gefühl, ohne meine Hundedame nach Hause zu gehen. Seit ich sie habe, waren wir noch keine Nacht getrennt.

Bevor mein Kopf dazu kommt, wieder in komische Gedanken zu verfallen, rufe ich Nils an, während ich mein Essen von gestern in die Mikrowelle stelle.

»Hey, wo bleibst du denn?«

»Ich schaffe es heute doch nicht mehr, tut mir echt leid. Ich sitze noch an der Planung. Die wollen die Pläne auf einmal Anfang nächste Woche schon haben, um das Budget kalkulieren zu können. Was zwar verständlich ist, aber ich muss nun was Arbeitszeit angeht in Vorkasse gehen. Was tut man nicht alles für seinen Job.«

Ein bisschen enttäuscht bin ich schon. Zumal ich diese Nacht komplett allein verbringen werde.

»Schade, aber lässt sich nun mal nicht ändern. Schaffst du es denn am Wochenende?« Schweigen. Ich höre, wie er ein- und ausatmet.

»Am Sonntag auf jeden Fall. Sonntag gehört uns, versprochen.«

Bei dem letzten Wort wird mir mulmig zumute. Zu viele Versprechen in letzter Zeit. Doch was kann ich schon tun? Nichts.

»Du fehlst mir«, haucht er in das Telefon. »Du mir auch«, gebe ich zurück und fühle mich wie ein Verräter, weil ich nicht Nils gemeint habe. Nicht wirklich.

Als wir aufgelegt haben, herrscht eine unangenehme Stille im Haus. Sofort schalte ich den Fernseher an und lasse einfach laufen, was gerade kommt. Lieblos stochere ich in meinem Abendessen rum und starre auf mein Handy. Ich würde Philip so gern schreiben. Doch ich möchte warten, bis er den nächsten Schritt macht, falls es den überhaupt jemals geben wird.

Als ich müde werde, schnappe ich mir die halbe Kristalllampe und nehme sie mit nach oben. Sie spendet so viel Wärme und hat ein so angenehmes Licht, dass ich definitiv besser schlafen kann, wenn sie auf meinem Nachttisch steht.

Ein Hörbuch soll der Stille im Schlafzimmer entgegenwirken. Ich schlüpfe unter meine Bettdecke, lausche der Stimme aus meinem Handy und es dauert nicht lang, bis meine Augenlider schwer werden.

Am nächsten Morgen werde ich unsanft von meinem Handywecker aus dem Schlaf gerissen. Ich blicke neben mich und denke wieder wehmütig daran, dass Lili nicht hier ist.

Beim Blick aus dem Fenster, stelle ich erleichtert fest, dass der Gehweg frei ist und ich heute keinen Schnee schippen muss. Überall sonst hat sich die weiße glitzernde Masse sanft wie eine Decke über den Rasen und die Pflanzen gelegt.

Ich klopfe an Inges Tür und höre, wie sie den Flur entlang schlurft. Sie öffnet und hat wieder dieses ganz besondere Lächeln im Gesicht.

»Und denkst du, dass wir Lili kurz von ihrem neuen Freund trennen können?«

Da kommt die Dackeldame auch schon angelaufen und begrüßt mich. Hinter ihr tapst die kleine Katze. Inge nimmt sie hoch und streichelt sie. »Lili hat die ganze Nacht bei dem Kätzchen gelegen.« Ich streichle auch noch mal über das weiche Fell und lege Lili dann ihre Leine an.

»Während du mit Lili eine Runde drehst, würde ich schon mal zum Tierarzt gehen. Ich hole Lili dann wieder bei dir ab und nehme sie mit rüber, wenn das in Ordnung ist.« Ich bin Inge so dankbar, dass sie sich immer so gut um die Hundedame kümmert, während ich auf Arbeit bin.

»Natürlich. Wir haben heute bis sechs geöffnet, ich schaue, dass ich eher gehen kann. Dann können wir noch zusammen einkaufen.« Inge strahlt. So glücklich habe ich sie lange nicht gesehen.

»Du hast jetzt also eine Katze.« Ich schüttle energisch den Kopf.

»Nein, Inge hat jetzt eine Katze.« Hanna lacht.

»Tja, wie das Leben manchmal so spielt.« Ich lächle beim Gedanken daran, wie zufrieden die alte Dame ausgesehen hat. »Ich will noch in den Zooladen und alles holen, was sie braucht.«

Hanna schaut mich an. »Kennst du dich denn mit Katzen aus?« Ich zucke mit den Schultern. »Nicht wirklich, aber das wird doch nicht so viel anders als bei Hunden sein oder? Außerdem haben die im Zooladen doch Ahnung.«

»Willst du mein Auto nehmen?«, fragt Hanna und hält mir einladend den Autoschlüssel hin.

»Ich weiß nicht. Meine letzte Autofahrt ist schon etwas länger her.« Zuversichtlich drückt mir Hanna den Schlüssel in die Hand. »Das ist, wie Fahrrad fahren, das verlernt man nicht. Und außerdem bist du so schneller und kannst mir dann noch helfen, Klarschiff zu machen.« Ich nehme den Schlüssel und stecke ihn in meine Manteltasche.

Als es dann nach dem Mittag ruhiger wird, gehe ich zu Philip ins Büro und erkläre ihm die Situation.

»Es gibt Katzennahrung für Babys und Katzenmilch solltest du auch kaufen. Und eine Unterlage, denn sie ist sicher nicht stubenrein. Und vergiss das Katzenklo nicht. Es gibt so biologisches Granulat, das ist erstens nicht so hart an den Pfoten und zweitens besser für die Umwelt. Und es stinkt nicht so wie dieser graue Sand, was immer alle nehmen.«

Mit hochgezogenen Augenbrauen starre ich Philip an. Woher weiß er das alles?

»Hattest du denn nie eine Katze?«, fragt er dann, als er meinen irritierten Gesichtsausdruck bemerkt.

»Nein, ich war ehrlich gesagt schon immer eher der Hundetyp.« Er denkt kurz nach und antwortet dann: »Hm, dann passen wir wohl nicht so gut zusammen, denn ich bin eher der Katzentyp.« Jetzt hat er mich völlig aus dem Konzept gebracht. »Soll ich dir alles aufschreiben oder bekommst du das hin?«, fragt er, als ich ihn wohl etwas zu lange stumm anschaue. »Ach, weißt du was, wir gehen schnell zusammen.« Nun bekomme ich erst recht keinen Ton mehr raus. Er geht an mir vorbei und ich kann mich nicht rühren.

»Kommst du, Mieke?«

Ich ziehe meinen Mantel an und gebe Hanna ihren Autoschlüssel zurück. »Hab ich was verpasst?«, will sie wissen. »Mieke und ich fahren schnell in den Zoohandel und holen etwas für die Katze ihrer Nachbarin.« Hanna fällt fast die Kinnlade runter.

23

Hanna schaut mich grinsend an. »Du hast den ganzen Samstag bei deiner Nachbarin verbracht?«

»Lili will sich eben noch nicht von dem Katzenbaby trennen und nebenbei mag ich Inge wirklich sehr.« Jetzt grinsen Alina und Hanna. »Ihr kennt sie eben nicht. Ihr würdet euch auch wohlfühlen. Und jetzt hört auf, so blöd zu grinsen.« Ich kann mir genau vorstellen, was den beiden auf der Zunge brennt.

»Und wie war es mit Philip?«, lässt Hanna endlich den Knoten platzen.

»Es war mir so klar, dass du fragst. Es war sehr angenehm, und ich bin froh, dass er mir geholfen hat. Mehr war da nicht und wird auch nie sein.« Beide grinsen weiterhin blöd vor sich hin, doch bevor ich Alina ein Kissen um die Ohren hauen kann, klingelt es an der Tür.

»Unsere Pizzaaaa.« Ich gehe zur Tür, nehme das Trinkgeld von der Kommode und öffne.

»Was machst du denn hier?« Ich wusste zwar, dass Nils am Sonntag wieder da sein wollte, aber dass er ohne Vorankündigung vor der Tür steht und unsere Pizzen in der Hand hält, darauf war ich nicht gefasst.

»Überraschung!« Die Überraschung steht mir anscheinend ins Gesicht geschrieben.

»Bist du jetzt Pizzabäcker oder wie?« Endlich schaffe ich es, mich aus der Starre zu lösen und bitte ihn rein.

»Und dich gab's gratis zur Pizza?«, fragt Alina. Sie kennt Nils nur von meinen Erzählungen.

»Alina, das ist Nils. Nils, Alina.« Ich nehme ihm die Pizzen ab und stelle sie auf den Glastisch. Alina steht auf und reicht Nils die Hand. »Freut mich, dich mal live zu sehen, ich dachte schon, dich gibt's nur in Miekes Fantasie.« Auch Hanna begrüßt ihn. Sie fallen sich in die Arme, als wären sie schon ewig befreundet.

»Ich will eure Mädelsrunde aber nicht stören«, versichert er und doch steht er nun hier.

»Ach Quatsch, das macht doch nichts«, sind sich Alina und Hanna einig. »Wir teilen mit dir.« Alina zwinkert mir zu. Ich kann ihr nicht sagen, dass sie mir in dem Moment keinen Gefallen damit tut. Ich wollte gemütlich mit meinen Mädels Mittagessen und quatschen. Was soll's, nun ist er einmal da und irgendwie könnte ich mich selbst für meine Gedanken ohrfeigen. Ich verhalte mich, als wäre Nils ein Eindringling und nicht mein Freund. Also versuche ich, einen Gang runterzuschalten, und biete ihm meinen Platz auf dem Sofa und etwas zu trinken an.

Die drei unterhalten sich ausgelassen, als ich die Getränke aus der Küche hole. Ein ungewohntes Bild. Eric hat sich sonntags meistens verdrückt, wenn ich mich mit meinen Freundinnen getroffen habe. Jetzt einen Mann mit in der Runde sitzen zu haben, ist komisch.

»Was ist denn das?«, fragt Nils, während er meine Pizza beäugt.

»Na Hotdogpizza. Sag jetzt nicht, du hast so was noch nie gegessen?« Er zuckt mit den Schultern. »Nein, bisher gab es meistens Pizza Salami oder Hawaii.« Ich knuffe ihn in die Seite. »Das ist ja langweilig.« Er nimmt sich ein Stück und schaut es argwöhnisch an, bevor er hineinbeißt. Seine Lippen formen ein Lächeln, während er kaut. »Wow, das schmeckt wirklich, als würde ich einen Hotdog essen. Faszinierend.«

Wir schauen uns an und lachen lauthals los. Als wäre Nils ein Alien, der zum ersten Mal in seinem Leben eine Pizza isst.

Die Stimmung ist ausgelassen. Wir quatschen, trinken, essen und nebenbei läuft eine Serie im Fernseher.

»Und nun hat deine Nachbarin zwei Haustiere und du gar keins mehr«, bemerkt Nils, als ich ihm die Katzenstory erzählt habe. »Nein, Lili ist nur ausgeliehen. Außerdem ist sie mehr als nur ein Haustier.«

Das kleine Detail mit Philip habe ich bei meiner Erzählung mit Absicht ausgelassen. Ich habe keine Lust, dass er wieder zum Thema wird. Wobei Nils sowieso seltsam reagiert, sobald der Name Philip fällt.

»So, dann werden wir euch Turteltauben mal allein lassen«, meint Alina und zieht Hanna mit in den Flur. Sie schlüpfen in ihre Jacken und wir verabschieden uns.

»Wollen wir eine Runde mit Lili drehen?«, frage ich Nils.

»Klar, warum nicht. Ein Verdauungsspaziergang kann nicht schaden.« Wir ziehen uns an, gehen zu Inge und ich klopfe an ihre Tür. Dieses Mal werde ich nicht nur von Inge, sondern auch von Lili begrüßt und ich streichle meine Kleine ausgiebig. »Und wie geht's dem Kätzchen?« Inge hat wieder dieses bezaubernde und glückliche Lächeln im Gesicht. »Sehr gut. Es ist übrigens eine Sie und ich tendiere dazu, sie Luna zu nennen.«

Ich freue mich so sehr für meine Nachbarin. Es ist, als hätte das Schicksal gewollt, dass sie nicht mehr allein ist.

»Ein wunderschöner Name. Heißt das, sie bleibt?« Auch wenn die Frage überflüssig ist, so möchte ich es doch von ihr hören.

»Ja, sie darf bleiben. Vielleicht hat sie mir mein Gustav geschickt.« Ich lächle Inge an und dann machen Nils und ich uns mit Lili auf den Weg.

»Wie kommst du mit dem Auftrag voran?«, frage ich ihn, nachdem wir ein paar Minuten schweigend nebeneinanderher gegangen sind. Die fröhliche Stimmung ist mit Hanna und Alina abgehauen und lässt mich mit dem Gefühl zurück, dass wir beide uns eigentlich gar nichts zu sagen haben.

»Sehr gut. Ich habe die Pläne geschickt und jetzt heißt es erst mal warten.«

»Und wenn sie es nicht annehmen, bekommst du dann wenigstens für das Anfertigen der Pläne etwas?« Krampfhaft versuche ich, das Gespräch in Gang zu halten.

»Sonst lasse ich mir das bezahlen, ja, aber bei dem Unternehmen versuche ich eine andere Strategie. Ist kompliziert zu erklären.«

Um nicht noch weitere blöde Fragen zu stellen, die Nils anscheinend nicht beantworten möchte, beschließe ich, den Mund zu halten und ziehe meinen dicken Schal bis zu Nase hoch. Und so laufen wir schweigend eine Runde an der Elbwiese entlang und gehen dann an der Hauptstraße wieder zurück zu mir.

Dieses Mal nehme ich Lili bewusst mit nach Hause und zu meiner Erleichterung scheint die Hundedame nichts dagegen zu haben. Wahrscheinlich ist ihre Rolle als Ersatzmutter auch anstrengend.

Lili spaziert in die Küche, trinkt etwas und kringelt sich dann auf ihrem Hundekissen ein.

Nils scheint eifrig mit jemandem in Kontakt zu stehen, denn er zückt ständig sein Handy und tippt. Ich frage jedoch nicht nach, da jeder von uns seine Privatsphäre haben soll und ich ganz bestimmt nicht klingen will wie eine Eifersüchtige.

Als Nils später am Abend keine Anstalten macht, zu gehen, überwinde ich mich, zu fragen: »Willst du über Nacht bleiben?« Auf einmal scheint es, als wäre er aufgewacht und endlich ganz bei mir. Er rückt näher, streicht über meine Wange und schaut mir tief in die Augen. Wir küssen uns, erst sanft und zurückhaltend. Dann immer fordernder. Schließlich packt er mich und trägt mich die Treppen hoch ins Schlafzimmer. Ich verspüre eine Lust, die ich schon lange nicht mehr hatte. Adrenalin pumpt durch meine Adern und auf einmal kann ich es kaum erwarten, ihn zu spüren. Ihm ganz nah zu sein. Wir reißen uns die Klamotten vom Leib. Stöhnen. Herzklopfen. Unsere Körper schmiegen sich aneinander und verschmelzen. Ich kann mein Glück kaum fassen, bis sich Philip auf einmal in meine Gedanken drängt. Schnell küsse ich Nils in der Hoffnung, ihn wieder loszuwerden, doch als ich meinem Freund ins Gesicht schaue, während wir voll zur Sache gehen, ist es Philips Gesicht, das ich sehe. Nils hält seine Augen die ganze Zeit geschlossen. Keucht und atmet ganz schwer. Als hätte er einen Kloß im Hals. So wie ich gerade, denn ich versuche mit aller Macht, meine Tränen zu unterdrücken.

Als wir fertig sind, dreht sich Nils in Richtung Fenster und ich drehe mich zur Tür. Unsere Rücken berühren sich beinahe. Aber nur beinahe. Eine kleine Lücke zwischen uns. Ein kleiner Spalt. Der, der schon immer da war und nie ganz verschwunden ist.

Als ich aufwache und neben mich schaue, ist die andere Hälfte des Bettes leer. Die Stelle, an der Nils gelegen hat, ist noch warm. Er ist also gerade erst aufgestanden. Erleichtert atme ich tief ein und wieder aus. Ich bin froh, einen Moment für mich zu haben.

Frisch geduscht und angezogen gehe ich die Treppe nach unten und sehe Nils schließlich an dem kleinen Tisch in der Küche sitzen. Er dreht den Kopf zu mir auf und sieht aus, als würde er gleich anfangen zu weinen.

»Was ist los?«, frage ich und will ihn mit einem Kuss einen guten Morgen wünschen. Er weicht aus.

»Mieke, ich kann das einfach nicht.« Seine Hand zittert, als er nach seinem Glas greift. »Was kannst du nicht?« Er starrt auf sein Handy und scheint nach den richtigen Worten zu suchen.

»Ich habe seit einiger Zeit wieder Kontakt zu meiner Ex-Frau. Wir haben uns ausgesprochen. Es tut mir so leid, Mieke. Ich wollte dich nie verletzen.« Ich sehe ihn an. Schweigend. Versuche zu verarbeiten, was hier gerade passiert. »Ich dachte, das mit Nadine und mir ist vorbei. Dass wir zu früh geheiratet haben und so. Doch die Auszeit hat uns geholfen. So konnte sich jeder von uns bewusst werden, was er vom Leben erwartet und …« Ich presse meine Hand auf seinen Mund. Ich kann das alles nicht hören. Ich will es nicht hören. Tränen sammeln sich und meine Sicht verschwimmt. »Lass gut sein, Nils. Geh jetzt bitte einfach.«

Er will meine Hand nehmen, doch ich ziehe sie weg. Ich möchte nicht, dass er mich noch einmal berührt. Ein Kloß bildet sich in meinem Hals und ich schlucke trocken. Er soll einfach gehen. Jetzt. Doch er steht auf, kommt näher und bleibt direkt vor mir stehen. »Es tut mir leid Mieke, wirklich.«

Ich schiebe mich an ihm vorbei und gehe in den Flur, um meiner Bitte noch mehr Ausdruck zu verleihen.

»Warum hast du nicht eher etwas gesagt? Von Anfang an stand immer etwas zwischen uns.«

Er zieht seine Stiefel an und schlüpft in seinen Mantel. Sein Blick wirkt ausdruckslos. Weder traurig noch erleichtert. Nichts. »Bis dann, Mieke.« Ohne noch einmal einen Versuch zu starten, meine Hand zu nehmen, macht er die Tür auf und geht. Ich drücke die Tür hinter ihm zu. Als sie mit einem Klicken ins Schloss fällt, sinke ich mit dem Rücken an der Tür zu Boden und weine all die Tränen, die ich für Eric nicht hatte.

»Naaa, hattet ihr eine schöne Nacht?«, fragt Hanna am Telefon. Ich schluchze auf und schon wieder laufen die Tränen ungehindert meine Wange entlang. »Mieke, was ist passiert?«

»Ich … Wir …« Schnief. »Und dann hat er …« Hanna pustet in den Hörer. »Pssssscht. Atme tief ein und aus. Ich komm zu dir.« Ich lege das tutende Handy neben mich und schlinge meine Arme um meine Beine. Wie in Trance wippe ich nach vorn und wieder zurück. Es beruhigt mich ein wenig. Lili kommt angetapst und legt sich auf meine Füße.

»Danke dass du wenigstens immer da bist.« Ich streichle ihr Fell und beruhige mich langsam.

Ich verstehe meine Gefühle gerade nicht. Immerhin wollte ich es selbst nicht wirklich mit Nils, habe es nie richtig zugelassen, und doch schmerzt es so sehr.

Kurze Zeit später klopft es an der Tür. »Mieke, ich bin's.« Gequält stehe ich auf und öffne die Tür. Hanna kommt rein und ich drücke sie an mich. Halte mich an ihr fest. Sie streichelt über meinen Rücken und flüstert mir ins Ohr. »Ist schon gut. Lass alles raus. Endlich kannst du es rauslassen.«

Ich weiß nicht, wie lange wir so im Flur gestanden haben, doch als ich auf mein Handy schaue, ist es bereits zehn. »Oh nein, Philip. Der Laden. Wir müssten längst da sein.« Doch Hanna bleibt ganz ruhig und nimmt meine Hand. Wir gehen ins Wohnzimmer und setzen uns. »Es ist alles gut. Philip macht den Laden auf. Wir sollen uns so viel Zeit nehmen, wie wir brauchen.« Erleichtert atme ich auf.

»Und nun erzählst du mir ganz in Ruhe, was passiert ist.« Sie sitzt neben mir und hält meine Hand. Und ich erzähle und lasse nichts aus. Zum Schluss fühlt es sich an, als würde ich nicht mehr von Nils, sondern von Eric sprechen. Vielleicht hatte Alina recht und ich habe es nie richtig verarbeitet. Nie richtig zugelassen, traurig darüber zu sein, dass meine dreijährige Beziehung kaputtgegangen ist.

Sie nimmt mich in den Arm und endlich scheinen alle Tränen ausgeweint zu sein. Der Druck in meiner Brust hat sich gelöst.

»Weißt du, Miekchen, deswegen ist es wichtig, sich Zeit zu nehmen. Auch zum Trauern und Verarbeiten.« Ich muss schmunzeln. »Jetzt klingst du schon wie Alina.« Sie lacht auch.

»Möchtest du heute lieber zu Hause bleiben? Philip versteht das sicher.« Ich schüttele energisch den Kopf. Nein, alles, nur nicht allein zu Hause bleiben.

24

Philip hat sich die letzten Tage wirklich rührend um mich gekümmert. Als ich ihm von Nils' Abgang erzählt habe, hätte ich schwören können, ein leichtes Grinsen auf seinem Gesicht gesehen zu haben.

Heute hat uns Philip sogar zum Mittagessen eingeladen. Richtig mit Laden dichtmachen. Und das mitten in der Woche. Wir haben uns für thailändisch entschieden und genießen die Atmosphäre im Restaurant.

»Dass du jemals den Laden über Mittag schließen würdest, hätte ich nicht gedacht.«

Und ich erst recht nicht, denke ich und lächle Hanna zu. Wir stoßen an und kurz darauf wird unser Essen serviert. Als ich das erste Mal thailändisch gegessen habe, war ich total fasziniert, dass es zwar irgendwie sehr scharf war, jedoch nicht so, wie man es vielleicht von Chili kennt. Beim Essen breitet sich eine wohlige Wärme in mir aus, und zum ersten Mal, seitdem ich Philip kenne, scheint er glücklich zu sein.

»Und Mieke, freust du dich auf morgen?«

Morgen ist mein dreißigster Geburtstag und ich habe dieses Mal nach wie vor kein Bedürfnis, groß zu feiern. Doch ich möchte Hanna und meine Mama auch nicht vor den Kopf stoßen. Sie haben sich sicher viel Mühe gegeben und dekoriert, was das Zeug hält, da bin ich mir sicher.

»Ja, sicher. Ich bin gespannt, was ihr geplant habt.« Kurz denke ich darüber nach, Philip zu fragen, ob er auch kommen möchte, doch ich hatte ihn bereits vor Monaten eingeladen. Als ich dachte, zwischen uns wäre alles gut.

»Du kommst doch auch, Philip?« Als hätte Hanna meine Gedanken gelesen, fragt sie ihn. Ich traue mich nicht, ihn anzuschauen. Zu groß ist die Angst vor Ablehnung.

»Ich weiß noch nicht, ob ich es schaffe.« Versucht er sich rauszureden oder hat er wirklich keine Zeit – frage ich mich.

»Aber der Laden ist doch morgen eh zu.« Hanna kann es nicht lassen, und ich versuche, ihr mit meinem Fuß einen Hinweis zu geben. »Aua!«, ruft sie und erwidert meinen Tritt, der derber war, als ich gewollt hatte.

»Ist schon gut, du musst dich nicht gedrängt fühlen. Ich würde mich freuen, aber wenn du es nicht schaffst, ist es nicht schlimm.« Ich hoffe, damit die Situation zu entschärfen.

»Ich schick dir mal die Adresse von Miekes Eltern.« Ich werfe Hanna einen scharfen Blick zu. Auf einmal kommt es mir peinlich vor, dass ich bei meinen Eltern feiere. Ich konzentriere mich wieder auf mein Essen. Alle schweigen. Zum Glück ist es in einem Restaurant nie leise, wodurch die Stille zwischen uns nicht ganz so unangenehm ist.

Nach dem Essen bedanken wir uns bei Philip und verabschieden uns. Jeder geht seiner Wege, und ich frage mich, ob ich ihn dieses Jahr noch einmal sehen werde.

»Du hast heute aber zeitig Feierabend«, begrüßt mich Inge, die gerade die Post reinholt. Von drinnen ertönt ein leises Maunzen. »Anscheinend möchte Luna auch Hallo sagen.« Das Kätzchen kommt angetapst und bleibt an der Türschwelle stehen. Dann streckt sie eine Pfote aus und tunkt sie in den Schnee, nur um sie gleich wieder zurückzuziehen. Wir lachen herzlich über die kleine Katze.

»Schön, dass es ihr gut geht und sie ein Zuhause gefunden hat. Und ich glaube, du bist auch ganz glücklich darüber.« Inge lächelt »Ja, ich hab sie sehr liebgewonnen. Und wenn ich in ein paar Jahren den Löffel abgeben, dann kümmerst du dich um Luna.«

Ich reiche ihr meine Hand und wir besiegeln ihre Idee.

»Abgemacht.«

Als ich meine Tür öffne, sitzt Lili bereits da und erwartet mich. Fröhlich hüpft sie an mir hoch und schnappt nach ihrer Leine, die am Kleiderhaken baumelt.

»Schon gut, schon gut, wir gehen ja gleich.« Ich kraule die Hundedame, ziehe ihren Hundepullover an, streife ihr das

Halsband um und befestige die Leine daran. »Aber nicht, dass du noch mehr komische Sachen findest.«

Wir spazieren unsere übliche Runde und treffen auf ein paar bekannte Gesichter, die ebenfalls mit ihren Hunden unterwegs sind. Wir lassen die Vierbeiner von der Leine, so dass sie ein bisschen miteinander spielen können. Ich hüpfe von einem Bein auf das andere, um der Kälte, die sich in meinen Füßen ausbreitet, entgegenzuwirken. Was würde ich jetzt für eine Tasse heißen Kakaos mit Marshmallows geben! Und dazu Inges Weihnachtsplätzchen. Ich muss sie unbedingt noch nach dem Rezept fragen.

Als wir zu Hause ankommen, öffnet sich Inges Tür und sie winkt mir zu, bevor ich reingehe.

»Wollt ihr zum Kaffeetrinken rüberkommen – ich habe original Dresdner Stollen!«, verkündet Inge stolz. Da ich ihre Gesellschaft wirklich genieße und gerade keine Lust habe, den restlichen Tag allein zu verbringen, sage ich zu. Schnell hole ich eine Dose mit Schokoladenpulver für eine heiße Schokolade, von der ich eben noch geträumt habe, aus der Küche und gehe mit Lili rüber.

Lili begrüßt Luna schwanzwedelnd und kuschelt sich zu ihr auf das Hundekissen.

»Es riecht irgendwie anders bei dir.«

Inge schaut mich an. »Ich hoffe doch gut. Ich habe mir Kerzen über das Internet bestellt. Die sind klasse.« Erstaunlich, wie schnell sich Inge mit Laptop und Internet vertraut gemacht hat, seitdem ich ihr alles gezeigt habe. »Da bekommt man wirklich alles. Besser als im Geschäft, und dann bekommt man es auch noch nach Hause geliefert.«

Ihre Freude und Begeisterung schwappt auf mich über. »Deswegen hab ich dich in den letzten paar Wochen so selten draußen gesehen. Du hast alles online bestellt.«

Sie schaut zum Laptop auf ihrer Kommode. »Oh ja. Es ist fantastisch. Solltest du auch mal versuchen, wenn du es mal wieder nicht schaffst, einkaufen zu gehen.« Jetzt lachen wir beide und ich beiße in mein Stück Stollen und lasse ihn auf meiner Zunge zergehen.

»Wir werden dann langsam mal wieder rübergehen.« Inge nickt und begleitet uns in den Flur. Draußen ist es bereits stockdunkel und kleine Flocken fallen vom Himmel.

»Da bekommen wir wohl dieses Jahr weiße Weihnachten«, meint Inge.

»Was machst du eigentlich an Weihnachten?« Mir fällt ein, dass Inge ja jetzt allein ist, wo Gustav nicht mehr da ist.

»Ach, wir machen es uns schon gemütlich, Luna und ich.« Sie zwinkert mir zu und reicht mir eine Keksdose. Keine Ahnung, wo sie die auf einmal hergezaubert hat. Ich beschließe, sie an Weihnachten zu besuchen, nachdem ich bei meinen Eltern war. Und da Inge meine Leidenschaft für Kerzen teilt, habe ich sogar eine Kleinigkeit für sie.

»Happy Birthday to you, happy Birthday to you. Happy Birthday Mieke, happy Birthday to youuuu.« Alle klatschen in die Hände und ich darf die dreißig Kerzen auf einer überdimensionalen und völlig übertriebenen Torte ausblasen. Jeder will mir persönlich gratulieren und mich umarmen, der Geschenketisch quillt fast über und auf einer Bierbank, die mitten im Wohnzimmer steht, sind so viele leckere Sachen aufgetischt, dass ich gar nicht weiß, wo ich anfangen soll.

Das Zimmer ist über und über geschmückt mit Girlanden, Luftballons und Konfetti. Meine Mutter wird eine Ewigkeit brauchen, um das wieder loszuwerden. Eine riesige Dreißig in Form eines Ballons schwebt über dem Geschenketisch. Mein Vater hat seine Musikanlage aus der hintersten Ecke geholt und demonstrativ wie ein DJ-Pult auf einem Tisch aufgebaut. Wir tanzen, lachen, spielen alte Spiele und feiern ausgelassen. Nur eine Person fehlt. Philip. Verübeln kann ich es ihm nicht. Und trotzdem bin ich ein klein wenig enttäuscht.

Abends fährt Hanna oder eher Julian mich noch nach Hause, da ich sonst nicht gewusst hätte, wie ich die ganzen Geschenke transportieren soll. Ein paar habe ich vor Ort aufgemacht und mich schon über einige Kerzen, Wollsocken und eine Heizdecke gefreut. Hanna hilft mir noch, alles reinzutragen. Dann verabschieden wir uns mit einer langen Umarmung.

»Danke, das war der perfekte Geburtstag.« Ich gebe ihr einen Kuss auf die Wange.

»Freut mich, wenn er dir gefallen hat. Wir hatten auch jede Menge Spaß.« Wir schauen rüber zu Julian, der beim Topfschlagen von Hanna einen Hieb mit dem Kochlöffel abbekommen hat. Wir kichern. Es war schön, all die Spiele aus der Kindheit noch mal aufleben zu lassen.

Mit einem Gähnen schließe ich die Tür hinter Hanna und gehe mit Lili ins Bett. »Er hätte ja wenigstens eine Nachricht schreiben können«, sage ich zu ihr und lege mein Handy auf den Nachttisch. Die Kristalllampe bleibt aus.

Am nächsten Morgen werde ich von einem lauten Geräusch geweckt. Jemand hämmert an die Tür. Ich schaue Lili fragend an, die keine Anstalten macht aufzustehen. »Ob das der Weihnachtsmann ist?«, frage ich die Hundedame, schlüpfe schnell in meinen Morgenmantel und eile die Treppe runter. Ich öffne die Tür und bin sehr erstaunt, als ich in Victorias Gesicht schaue. Während sie wie immer von Kopf bis Fuß gestylt vor mir steht, muss ich aussehen wie eine Vogelscheuche. Das ist echt ungerecht. Gespannt schaue ich sie an und warte darauf, was sie zu sagen hat.

»Lass Philip endlich in Ruhe. Er will nichts von dir. Du bist nur seine Angestellte. Krieg das endlich in deinen Schädel rein.« Sie wirft mir eine kleine Spielzeugmaus entgegen. »Hier, deinen Scheiß kannst du behalten.« Und schon trabt sie ab. Irritiert schaue ich ihr nach und fange mich erst wieder, als sie in Inges Haus verschwindet.

Was sollte das? Ich dachte, Philip hätte mit ihr Schluss gemacht? Hat er mich etwas angelogen? Ich kann es gar nicht fassen und würde am liebsten lauthals losbrüllen. Doch ich halte mich zurück, immerhin ist sie nebenan. Ob Philip bei ihr ist? Hitze wallt in mir auf. Und Tränen. Ich lasse sie laufen, stapfe die Treppe hoch, reiße die Kristalllampe aus der Steckdose und gehe wieder nach unten. In meinen Hausschuhen und Morgenmantel eile ich vor die Tür und schmeiße die Herzhälfte in den Müll.

Frohe Weihnachten haben sich damit erledigt. Scheiß auf wahre Liebe. Scheiß auf Philip. Ich brauch das alles nicht.

Als ich die Stufen wieder raufstampfe, bewegt sich der Vorhang bei Inges Wohnzimmerfenster. Bestimmt die blöde Kuh Victoria. Soll sie ihn doch behalten, diesen verlogenen Kerl!

Lili winselt. Sie mag es nicht, wenn ich so aufgebracht bin.

»Ist schon gut, Kleines.«

Nach einer ausgiebigen Dusche ziehe ich mich an, versuche mit dem Lockenstab meine Haare etwas zu stylen und mache mich ohne Frühstück mit Lili auf den Weg zu meinen Eltern. Sicher hat meine Mutter den Braten schon im Ofen.

Als ich an Inges Tür vorbeilaufe, öffnet sie sich und Inge tritt heraus. »Liebes, ist alles in Ordnung?«

Ich spüre wie Tränen in mir aufsteigen, habe aber keine Lust, dass Victoria es sieht, falls sie noch bei ihr ist. Ich atme tief ein und wieder aus.

»Victoria ist schon gegangen. Sie hat sich Luft gemacht, weil Philip Schluss gemacht hat.«

Nun gehe ich mit Lili die Stufen zu Inges Tür hoch, worauf sie mich in die Arme schließt. Ich kann ein Schluchzen nicht verhindern. »Weißt du, Schätzchen, ich finde eh, dass Philip nicht zu ihr gepasst hat. Als du mit ihm bei mir warst, da dachte ich mir, was für ein schönes Paar ihr doch wärt. Für Vicky gibt es einen anderen Mann, da bin ich mir ganz sicher.«

Jetzt laufen die Tränen in Bächen über meine Wangen und ich kann sie nicht mehr zurückhalten. Inge nimmt meine Hand und führt mich in ihren Flur.

Erst als mein Handy klingelt und meine Mama fragt, wo Lili und ich bleiben, bemerke ich, dass ich schon seit über einer Stunde bei Inge auf dem Sofa sitze. Ich habe ihr die ganze Geschichte mit Philip, Nils und der alten Dame mit der Kristalllampe erzählt.

»Entschuldige Mama, wir machen uns gleich auf den Weg.«

Nach einem Blick in den Spiegel und den Versuch, den verschmierten Mascara in Ordnung zu bringen, ziehe ich Lili ihren Pullover an und mir meinen Mantel.

»Man kann Gefühle nicht verdrängen, Mieke. Vielleicht solltest du versuchen, einfach zu vertrauen. Denn am Ende kommt zusammen, was zusammengehört.« Das klingt wie der Spruch aus einem Glückskeks und ich muss schmunzeln.

»Danke, Inge.« Noch einmal umarme ich meine Nachbarin fest und mache mich dann mit Lili auf den Weg.

Unterwegs spüre ich, dass mein Kopf langsam frei wird. Übrig bleibt ein kleiner Funke Traurigkeit, als ich bei meinen Eltern ankomme.

»Da seid ihr ja endlich«, begrüßt mich meine Mama an der Tür.

»Ja, entschuldige. Ich habe mich mit Inge verquatscht.« Ich gebe ihr einen Kuss auf die Wange und gehe rein.

Die Geburtstagsdekoration hat sich über Nacht in ein Weihnachtswunderland verwandelt. Ein großer geschmückter Baum mit Kugeln, Girlande und Lichterkette ist das Highlight des Wohnzimmers. Darunter liegen ein paar Geschenke. Ich lege meine dazu und schaue mich weiter um. Kerzen, Räuchermännchen und andere Figuren schmücken die Fensterbank, den Kaminsims und die Kommode. Das Feuer im Kamin knistert vor sich hin und spendet Wärme. Im Hintergrund dudelt leise Weihnachtsmusik. Zu meinem Erstaunen scheint meine Mutter das ganze Konfetti vom Vortag erwischt zu haben.

Zeit, runterzufahren und zu entspannen, denke ich und mache es mir im Sessel gemütlich. Ich bin froh, dass mich meine Eltern weder auf Nils noch auf sonst wen ansprechen. Wir sitzen einfach nur da und lauschen der Musik und dem Knistern.

»Irgendwas riecht hier komisch«, stelle ich fest. Meine Mutter springt auf, rennt zum Ofen und reißt die Tür auf. »Es ist nur etwas Fett runtergetropft.«

Kurz darauf decken wir gemeinsam den Tisch und genießen das Essen. »Du hast dich selbst übertroffen, Annette«, sagt mein Vater, während er seinen Mund mit einer Serviette abwischt.

»Ja Mama, das hast du wirklich. Ich meine, gestern, das war total schön, und heute das Essen, die Dekoration. Danke.«

Sichtlich gerührt tätschelt sie meine Hand und gibt meinem Vater einen Kuss.

»Und nun, wollen wir noch ein bisschen fernsehen?« Fragend schaut mich meine Mutter an. »Ich hab Zeit. Gern.« Wie jedes Jahr schauen wir Drei Haselnüsse für Aschenbrödel. Ich habe den Sessel ausgeklappt und meine Beine hochgelegt. Lili liegt auf meinem Schoß und lässt sich das Fell kraulen.

Als der Film vorbei ist, packen wir gemeinsam Geschenke aus. Ich habe meinen Eltern eine dieser Massagepistolen geschenkt, die im Internet so gehypt werden. Lili bekommt ein Schweineohr vom Fleischer und meinem Papa stehen die Tränen in den Augen, als er seine Gartenbahn auspackt. Meine Mama hält mir einen Umschlag hin. Ich öffne ihn und bin gespannt, was mich erwartet. Wirklich einen Wunsch hatte ich nicht, außerdem hatte ich ja erst gestern Geburtstag. Daher habe ich mir gewünscht, dass meine Eltern glücklich sind.

Ich schlage meine Hand vor meinen Mund. »Nein, das könnt ihr … ihr seid echt verrückt, wisst ihr das?« Nun rollen auch mir Tränen vor Glück über die Wange, als ich den Gutschein zu einem Wellnesswochenende mit meinen Mädels in der Hand halte.

»Hanna und Alina haben mit uns zusammengelegt.« Und wieder einmal bin ich so dankbar für meine Freundinnen und meine Familie.

»Und ich soll dich wirklich nicht fahren, Miekchen?« Ich umarme meine Eltern und ziehe Lili das Halsband an. »Nein, so können Lili und ich uns noch mal die Beine vertreten.«

Meine Mama gibt mir einen Kuss auf die Wange. »Du kannst auch hier schlafen, wenn du willst.« Sie ist so süß. »Ich weiß, Mama, aber ich mag noch mal bei Inge vorbeischauen. Es ist das erste Weihnachten ohne ihren Gustav.« Sie nickt verständnisvoll. »Du bist ein gutes Kind.«

Ich winke noch einmal, bevor ich mit Lili abbiege und nach Hause gehe.

Alles ist still. Nur vereinzelt dringen Weihnachtslieder durch einige geöffnete Fenster nach draußen. Kleine Flocken fallen vom Himmel. Wir gehen vorbei an geschmückten Bäumen, die in den Vorgärten stehen und vielen beleuchteten Fenstern. Gemütlich schlendern wir bis nach Hause.

Auch in unserer Straße sind heute alle Fenster dekoriert mit Lichterketten und Schwibbögen. Ich seufze. Gerade als ich die Treppen zu Inges Tür raufsteigen will, werde ich von etwas abgelenkt. Gänsehaut überzieht meinen Körper. In meinem Wohnzimmerfenster leuchten zwei Kristalllampen, die zusammen ein ganzes Herz ergeben.

»Wie ist das möglich?«, frage ich laut. In dem Moment öffnet sich die Haustür und Inge tritt heraus. »Was soll das bedeuten?«, frage ich die alte Dame.

»Deine wahre Liebe ist da und hat die zweite Hälfte mitgebracht.« Mit offenem Mund starre ich Inge an und merke, wie mein Blick verschwimmt. »Nun geh, Liebes. Und glaube endlich daran. Es gibt sie wirklich.« Sie gibt mir einen kleinen Schubser und verschwindet dann in ihrem Haus.

Langsam gehe ich die Stufen hoch und starre auf die Kristalllampe. Vorsichtig öffne ich die Tür.

Da steht er vor mir, als hätte er die ganze Zeit hinter der Tür auf mich gewartet.

»Philip?« Ungläubig starre ich ihn an, als wäre er nicht echt und ich würde nur träumen.

»Hey, da bist du ja endlich.« Er zieht mir meine Mütze vom Kopf und ich schlüpfe aus meinen Stiefeln und meinem Mantel. Wir gehen ins Wohnzimmer. Überall stehen Kerzen und ein lieblicher Duft nach Zimt und Vanille durchströmt den Raum. Philip nimmt meine Hände und schaut mir tief in die Augen.

»Mieke, du warst es schon immer. Die Frau, die ich liebe. Ich wollte es mir nur nie eingestehen, weil ich Angst hatte. Als ich meine Freundin damals mit meinem Vater erwischt habe, habe ich mir geschworen, nie mehr solche Gefühle zuzulassen. Ich habe es meinem Herzen verboten.« Er streicht mit einer Hand über meine Wange und rückt noch ein Stück näher zu mir. »Doch dem Herzen kann man nicht verbieten, zu lieben.

»Aber … was ist mit Victoria? Sie stand erst heute Morgen vor meiner Tür und hat mich aufgefordert, dich in Ruhe zu lassen.« Meine Beine zittern. Das hier ist so schön und gleichzeitig habe ich Angst, dass es nicht real ist.

»Sie ist noch nicht über die Trennung hinweg, befürchte ich. Und dass, obwohl sogar ihre Großmutter gesehen hat, dass wir einfach nicht zueinanderpassen. Denn ich liebe dich, Mieke, und ich möchte nie mehr ohne dich sein.«

Mein Herz rast wie verrückt und hämmert gegen meine Brust.

»Ist das auch wirklich wahr?«, flüstere ich zwischen zwei Küssen.

»Ich habe noch nie etwas Wahreres gesagt«, antwortet Philip und presst mich an sich.

Ich lege meine Hände um seinen Hals und lasse mich fallen. »Ich liebe dich auch«, flüstere ich und weiß auf einmal, dass ich für ihn sterben würde.

Inges Weihnachtsplätzchen

Zutaten:

750 g Mehl
500 g Butter
250 g Puderzucker

3 Eigelb
1 Pck. Backpulver
1 Prise Salz

Anleitung:

Alle Zutaten zu einem Teig kneten.
Anschließend den Teig für ein paar Stunden oder
über Nacht im Kühlschrank lagern (wir teilen den
Teig immer in mehrere Stücke auf, dann ist es
später leichter beim ausrollen). Wenn er gekühlt ist
lässt er sich leichter verarbeiten (wenn er warm
wird - eine sehr klebrige Angelegenheit).

Nun den Teig dünn ausrollen (wenn du das
Nudelholz in Frischhaltefolie wickelst klebt es nicht
an). Und nun kannst du nach Lust und Laune mit
Förmchen ausstechen.

Die Kekse auf einem mit Backpapier ausgelegten
Blech mit Abstand auflegen. Bei 180° C, Ober- und
Unterhitze ca. 10 min backen. Anschließend kommt
das Schönste - dekorieren.

Danke

Liebe Leserin, lieber Leser, wenn dir Dezemberleuchten gefallen hat, dann lass es mich gern wissen. Schreib mir eine Rezension bei Amazon oder deinem Lieblingsportal, denn das ist sehr wichtig für uns Autoren. Besuche mich gern auf Instagram @danymatthes_autorin oder schau dich auf meiner Website (www.danyalacarte.de) um und registriere dich für meinen Newsletter. Hinterlasse einen Daumen oder einen Kommentar, wie und wo du magst. Ich freue mich über jede Rückmeldung.

Es ist so schön, dass du meine Bücher liest, denn dank dir kann ich meinen Traum vom Schreiben leben. Und dafür danke ich dir von Herzen!

Deine Dany

Über die Autorin

Dany Matthes wurde 1987 in Schlema geboren und ist dort, im tiefsten Erzgebirge aufgewachsen. Mittlerweile lebt sie seit vielen Jahren in Dresden, ist glücklich verheiratet und hat eine Tochter.
 Mit ihren Romanen will sie ihre Leser nicht nur unterhalten. Vor allem will sie Mut stiften und durch ihre Geschichten dazu animieren über den Tellerrand zu blicken und sich selbst zu hinterfragen. Ihre Hochsensibilität sieht sie mittlerweile als besondere Gabe an, die sie beim Schreiben ausleben kann. Sie ist sich sicher: „Wenn ich es beim Schreiben fühle, dann fühlen es auch meine Leser."

Du möchtest mehr über die Autorin erfahren, möchtest Cover und Leseproben als Erstes sehen und lesen?

Dann trag dich für den Newsletter ein:
https://danyalacarte.de/newsletter-2

Du findest Dany auch auf Instagram:
https://www.instagram.com/danymatthes_autorin

Weitere Bücher der Autorin

Im Anschluss findest du weitere Bücher von mir inklusive einer kleinen Leseprobe.

Der Duft von Marienkäfern

Seit vielen Jahren lebt Lena Wagner in einer toxischen Beziehung. Sich daraus zu befreien, scheint für sie unmöglich. Bis sie auf Nick trifft. Einen charmanten, witzigen und vor allem zuvorkommenden Mann. Er hat alles, was Lena sich wünscht, und mit ihm an ihrer Seite schafft sie es, dem alten Leben zu entfliehen. Es hätte der perfekte Neustart sein können, doch die Vergangenheit hat Spuren hinterlassen. Dunkle Wolken legen sich über ihre Seele. Lena wird depressiv. Weil sie nicht weiß, was mit ihr passiert, ignoriert sie es. Bis zu jenem Morgen.

Dany Matthes schreibt mit Leichtigkeit über ein schweres Thema und ist dabei dennoch schonungslos ehrlich. Sie erzählt im Buch sehr detailreich von ihrer Depression und den Weg, mit der Krankheit in einer Beziehung zu leben. Ihr Wunsch: „Meine Geschichte soll Betroffenen und Angehörigen helfen und Mut machen. Es gibt immer einen Weg und DU bist nie allein."

Leseprobe

Ich liebe dich … aber ich möchte wieder Single sein.« Die Worte fliegen durch den Raum, als hätten sie kein Ziel, denn ich will nicht, dass sie mich treffen. In meinem Magen zieht ein Sturm auf. Galle kratzt in meiner Speiseröhre, um ans Tageslicht zu kriechen. Plötzlich fühle ich mich in meine Kindheit zurückversetzt. Wenn ich nur still genug dasitze, mich nicht rühre und die Luft anhalte, dann werden die bösen Geister nicht an mich rankommen. Dann denken sie, ich bin nicht da. Innerlich zittert mein Körper bereits und mein Herz droht sich zu verkrampfen.

»Lena? Hast du gehört, was ich gesagt habe?«

Vergiss es, du hast das nie gesagt und ich habe es niemals gehört. Mein Herz hämmert gegen meine Brust wie ein Vorschlaghammer auf eine Wand, die einbrechen soll. Warum, warum tut er das? Warum hat er das gesagt? Das kann doch nicht sein Ernst sein? Nein, so leicht mache ich es dir nicht! Und wieder halte ich den Atem an und versuche, mein Zittern zu verbergen. Während er ein weiteres Mal meinen Namen ruft, sehe ich wie der Boden unter mir aufreißt. Die Dunkelheit streckt ihre kalten langen Finger nach mir aus und will mich tief in den schwarzen Untergrund ziehen. Ich ziehe meine Beine an meine Brust und umklammere sie wie einen Rettungsring im Meer. Doch egal wie sehr ich mich auch festhalte, es wird mich nicht retten. Niemand kann mich retten. Am liebsten würde ich ihn anschreien oder einfach wegrennen. Ich weiß, wenn ich ihn jetzt ansehe, dann wird alles wahr. Dann ist es real. Dann wird es mich zerbrechen und die Dunkelheit wird mich holen.

»Weißt du, ich frage mich schon seit einigen Wochen, ob das alles ist. Ob das jetzt mein restliches Leben ist. Ich frage mich, ob ich das so will. Und ob da nicht noch etwas anderes ist.«

Er legt seine Hand auf meinen Arm und mein Blick verschwimmt. Er wartet immer noch auf eine Reaktion von mir. Und auf einmal scheinen sich meine Gefühle wie eine Rosine zusammenzuziehen, die eben noch eine Traube war. Mechanisch drehe ich meinen Kopf zu ihm und schaue ihm direkt in die Augen. Weder mein Kopf noch mein Herz verstehen es. Es ist, als würde ich einen Fremden anschauen. Alles Vertraute, alles, was ich an ihm zu kennen dachte, ist verschwunden. Die Dunkelheit hat alles verschluckt.

»Okay.« Mehr kann ich nicht sagen. Mehr will ich nicht sagen. Ich muss mich beherrschen und versuchen, den Tornado in meinem Bauch im Zaum zu halten, da ich sonst wahrscheinlich nicht nur mein Essen, sondern mein Herz gleich mit auskotzen würde. Ich atme tief ein und versuche, seine Worte runterzuschlucken.

»Alles in Ordnung?« Die Frage klingt sogar aufrichtig. Ich nicke, während mein Blick auf den Fernseher gerichtet ist. Für einen kurzen Moment fühlt es sich an, als wäre ich aus meinem Körper getreten und würde jetzt neben mir stehen und mich selbst beobachten. Meine Existenz fühlt sich sinnlos an, als hätte ich das ganze letzte Jahr eine Illusion gelebt. Als wäre alles nur ein Film gewesen.

Das Taschenbuch ist überall im Buchhandel erhältlich.
E-Book exklusiv bei Amazon: https://amzn.to/3ElTyxE

Wie Wolken im Meer

»Wer die Gegenwart genießt, hat in Zukunft eine tolle Vergangenheit."

Loni Zill führt das scheinbar perfekte Leben. Sie ist beliebt bei ihren Schülern, hat einen liebevollen Mann an ihrer Seite und die besten Freunde, die man sich wünschen kann. Alles ist fantastisch, bis ihre Jugendliebe Lars wie aus dem Nichts auftaucht. Längst vergessene Gefühle und eine folgenschwere Entscheidung von damals holen sie wieder ein. Sie ist gezwungen, sich ihrer Vergangenheit zu stellen.

Wird sie es schaffen, ihr Geheimnis aufzuklären, bevor sie an den Schuldgefühlen erstickt?

Das Taschenbuch ist in jeder Buchhandlung erhältlich.
E-Book exklusiv bei Amazon: https://amzn.to/3tnjnHYi

Zeichen im Sand

Die Liebe ist immer ein Abenteuer!

Der erfolglose Archäologe Colin versauert in England als Universitätsdozent zwischen Archiv und Hörsaal, als ihm eine geheimnisvolle Botschaft erreicht. Wurde in Kairo tatsächlich ein Papyrus aufgefunden, dessen Inhalt zu einer archäologischen Sensation führen könnte?
 Abby ist aus ihrem alten Leben geflohen und dabei, sich in Ägypten etwas Neues aufzubauen. Das scheint auch gut zu funktionieren, bis ihr an jenem Tag ein unverzeihlicher Fehler unterläuft, der ihr Leben erneut völlig auf den Kopf stellt.
 Werden beide finden, wonach sie sehnlichst suchen?

»Ein abenteuerlicher Liebesroman zwischen drückender Hitze und rätselhaften Entdeckungen.«

Das Taschenbuch ist in jeder Buchhandlung erhältlich.
 E-Book exklusiv bei Amazon: https://amzn.to/3IPP2bo

Zeichen im Sand – Die Begegnung gibt es sogar als Hörbuch!

Buchempfehlung der Autorin

Die Reise deines Lebens

Für alle, die endlich etwas verändern wollen

Betty Ulrich führt das langweiligste Leben aller Zeiten. Ihr Alltag besteht aus Arbeit, nervtötenden Telefonaten mit ihrer Mutter und dauerhafter Erschöpfung. Der krönende Abschluss jedes Tages ist das Einschlafen vor dem Fernseher, der ihr hilft, sich nicht so allein zu fühlen. Nie hat sie Zeit, darüber nachzudenken, was sie eigentlich will. Bis sie ohne ihr Handy in den Zug steigt und sich auf eine Reise nach Wien begibt, bei der sich ihr Leben komplett auf den Kopf stellt.

Ihre dortigen Abenteuer bringen sie dazu, sich den großen Fragen ihres Lebens zu stellen:

Woher weiß ich, was mich glücklich macht? Wie kann ich ein aufregendes Leben führen, ohne alles verändern zu müssen? Und wieso bin ich eigentlich auf der Welt?

Bettys Reise nach Wien wird zur Reise zu sich selbst. Jule Pieper hat wieder einen tiefsinnigen Ratgeber in eine humorvolle Geschichte gepackt, die ihre Leserschaft zum Nachdenken, Weinen, Lachen und letztendlich zum Wandel bringt.

Das Taschenbuch ist in allen Buchhandlungen erhältlich.
Amazon: https://amzn.to/3X6NGzZ